# 1002 FANTASMAS

# 1002 FANTASMAS

## HELOISA PRIETO

O selo jovem da Companhia das Letras

Copyright © 2022 by Heloisa Prieto

O selo Seguinte pertence à Editora Schwarcz S.A.

*Grafia atualizada segundo o Acordo Ortográfico da Língua Portuguesa de 1990, que entrou em vigor no Brasil em 2009.*

CAPA
Ale Kalko

ILUSTRAÇÕES DE CAPA E MIOLO
Veridiana Scarpelli

PROJETO GRÁFICO
Raul Loureiro

PREPARAÇÃO
Stéphanie Roque

REVISÃO
Adriana Bairrada
Luciana Baraldi

Dados Internacionais de Catalogação na Publicação (CIP)
(Câmara Brasileira do Livro, SP, Brasil)

Prieto, Heloisa
  1002 Fantasmas / Heloisa Prieto. — 1ª ed. — São Paulo : Seguinte, 2022.

  ISBN 978-85-5534-193-9

  1. Literatura infantojuvenil I. Título.

21-95056 CDD-028.5

Índices para catálogo sistemático:
1. Literatura infantojuvenil 028.5
2. Literatura juvenil 028.5

Eliete Marques da Silva – Bibliotecária – CRB-8/9380

[2022]
Todos os direitos desta edição reservados à
EDITORA SCHWARCZ S.A.
Rua Bandeira Paulista, 702, cj. 32
04532-002 — São Paulo — SP
Telefone: (11) 3707-3500
www.seguinte.com.br
contato@seguinte.com.br

Agradeço a Kevin Fox e Marie McDonagh, pela amizade e carinhosa acolhida em sua pousada, Saint Aiden's Guest House, em Dublin, na Irlanda.

A Harry Browne, Sandra McCowen e todos os integrantes do grupo de escritores Inkies, pelo apoio e entusiasmo.

A Jeremy Murphy, pelo apoio criativo e primorosa edição de texto.

A Priscila Prieto Nemeth, por ter me levado ao misterioso castelo Drimnagh, em Dublin. Agradeço também a Martin Keller, o incrível dançarino cósmico, por ter nos indicado o caminho para a montanha mágica de Killiney e a cadeira do druida.

Aos leitores dos colégios Johann Gauss, Santa Maria, Clip, Escola Castanheiras, que me incentivaram a inventar mais aventuras envolvendo a Sociedade dos 1001 Fantasmas.

A Adriana de Nanã, por suas palavras de sabedoria.

A Gabriella Mancini, Roseli Lepique, Juliana Vedovato, pelas trocas inspiradoras.

E a Victor Scatolin, pela interlocução estimulante e pelo constante incentivo.

Para Ailton Krenak, Olivio Jekupé,
Jeguaká Mirim, Maria Krekexu,
Karaí Papa Mirim e meu
grande amigo Daniel Munduruku.

# Nota da autora

Livros são portais de mistérios. Mesmo quando sou eu que os escrevo, não consigo desvendá-los. É como se tivessem vida própria e escolhessem caminhos que eu jamais imaginaria.

Ao longo de anos conversei com muitos leitores de *1001 Fantasmas*. Inúmeras perguntas e sugestões surgiam a partir da leitura desse texto, cujo final deixei em aberto. "Queremos saber tudo o que aconteceu em detalhes. No livro você não explica tudo!", diziam. O questionamento mais recorrente sempre foi: "Por que você nunca fez uma continuação?".

Entre 2017 e 2019, estive várias vezes em Dublin, capital da Irlanda. Sempre fui apaixonada pela literatura celta, pelos grandes autores irlandeses, e, mesmo assim, nunca poderia imaginar que visitar os parques (onde o tempo parece eterno) e os castelos (com seus fantasmas errantes) traria o fio desse livro de volta à minha imaginação.

"Você acredita em fantasmas?", esta é uma das perguntas mais constantes dos leitores.

"Minha mãe sempre via", costuma ser minha resposta.

Pois bem, na minha infância, falar do além realmente era a coisa mais normal lá em casa, e, em geral, muito divertida. Por incrível que pareça, na Irlanda, encontrei tantas histórias sobrenaturais quanto nas férias que passava na fazenda de meu avô baiano.

Quando me hospedei na encantadora St. Aiden's Guesthouse, uma casa vitoriana transformada em pousada, rapidamente fiz amizade com os proprietários, dois anfitriões maravilhosos, Kevin

Fox e Marie McDonagh. Ao comentar com Kevin o quanto me sentia inspirada naquele lugar e com vontade de escrever sobre assombrações e fantasmas, ouvi algo surpreendente:

— Você sabia, Heloisa, que no sótão, onde você está hospedada, mora um fantasma? A última pessoa que dormiu lá viu uma linda moça sentada na mesma poltrona onde você hoje escreve...

Vocês pensam que cheguei a ver a assombração?

Aliás, será que vejo fantasmas?

Bem, talvez eu não veja, mas não posso dizer que não tenham me inspirado...

De qualquer modo, um tanto impressionada pela coincidência, tranquilizei-me com as palavras do Nobel de literatura William B. Yeats, um verdadeiro especialista em sobrenatural:

Vá em frente, contador de histórias,
Não tema.
Tudo existe.
E tudo é verdade
E a terra não passa
de um pouco de poeira
debaixo dos pés.
(*Um contador de histórias*)

Diante de toda a magia do lugar e das palavras de Yeats, me senti convidada a escrever de novo sobre o sobrenatural. Ao contrário do que o título sugere, acabei criando não exatamente uma continuação do primeiro, mas um livro-espelho, uma história praticamente gêmea da anterior. Sim, haverá revelações, mas os livros podem ser lidos independentemente.

Espero que as vozes de meus fantasmas os divirtam, abrindo os portais além da rotina, além das retinas, conduzindo-os para o espaço onde o tempo para; é aí que se encontram as melhores surpresas da vida.

*Heloisa Prieto*

# Marionetes Fantasmas

**São Paulo.** Brilhantes, dançantes, as Marionetes Fantasmas foram vistas pela primeira vez durante um blackout nas ruas do bairro do Bixiga em 1965. Entardecia. O teatro Scaramouche estava lotado. Em cena, a peça de Oscar Wilde, *O fantasma de Canterville*. Quando as luzes se apagaram, adultos e crianças viram-se obrigados a sair do teatro. A maior parte das pessoas que estavam na plateia correu até a tradicional doceria Mio Sogno, entrando na doceria aos trancos e barrancos. Um pai nervoso caiu depois de tropeçar numa cadeira. Uma criança pequena chorava escandalosamente, em pânico. Diversas outras crianças começaram a gritar lá dentro, e o mesmo fizeram as que estavam do lado de fora, na rua.

Subitamente, surgiram as marionetes cintilantes e voadoras. Os lindos bonecos voaram dentro da doceria e depois saíram pela rua diante dos olhos espantados de todos os presentes. O Arlequim era muito engraçado, Pulcinella, a colombina, tinha uma beleza celestial, Brighella era o espadachim invencível.

Mesmo fora do teatro, o público viu dança, música e ação.

As crianças passaram a rir, os responsáveis aplaudiram. A apresentação terminou às oito horas da noite. As luzes voltaram. As ruas voltaram a exibir as pequenas luminárias coloridas típicas das cantinas italianas. Pais sorridentes e satisfeitos tentaram falar com os marionetistas para cumprimentá-los, agradecer o belo espetáculo, talvez contratá-los para festas de aniversário particulares, mas não conseguiram encontrar nenhuma das marionetes cintilantes.

Era como se tudo tivesse desaparecido no ar.

Não houve registros, mas o episódio marcou aqueles que tiveram o privilégio de testemunhá-lo. A companhia de teatro das Marionetes Fantasmas se tornou uma famosa lenda urbana paulistana.

1002 Fantasmas/ Arquivos do século xx, Brasil.

# CUIDADO!!!

Você vê coisas que ninguém mais vê? Percebe um mundo cheio de mistérios ao seu redor? Não tem com quem conversar sobre os segredos do além?
Se algo de estranho estiver acontecendo em sua casa, se as coisas estiverem fugindo ao seu controle e você estiver com muito, mas muito medo mesmo...

ESCREVA PARA:
1002 FANTASMAS
Rua do Assombro, 13
CEP 03474-000
São Paulo (SP)

Fique tranquilo!
Viemos para ajudar!

São Paulo, 24 de maio de 2018

Amigos! Vocês aí do 1002 Fantasmas!

Desculpe, mas só de chamar vocês de "amigos" já me sinto completamente louca. Não tenho a menor ideia de quem vocês são... 1002 fantasmas? O que será isso?

Eu preciso conversar com alguém. É urgente! Aliás, será que não tem um jeito mais rápido de conseguir falar com vocês que não por carta? Esta é a primeira carta que escrevo na vida... quer dizer, eu mando mensagens o tempo todo, mas carta mesmo, dessas que a gente coloca no correio, não, eu nunca tinha feito isso antes... Quando era pequena, gostava de escrever diários, mas depois comecei a achar meio ridículo e joguei tudo fora... Agora, nesse momento, escrever assim para um endereço que eu encontrei no jornal me dá a sensação de estar tomando uma atitude, assumindo um pouco o controle, e de certa forma me deixa mais calma. Coisas muito estranhas estão acontecendo por aqui.

Já adianto que eu nunca senti medo de nada, nem sou de pensar muito em fantasma, coisas do além, sobrenatural ou nada do tipo... A única coisa diferente sobre mim é que tenho uma irmã gêmea. Meu nome é Catrina, minha irmã é a Carolina. Nosso pai é irlandês e nossa mãe é brasileira.

Ah, vejam só, está funcionando, já estou me sentindo mais tranquila, mas fugi do principal: as coisas muito estra-

nhas que estão acontecendo por aqui. Vou respirar fundo, fechar os olhos e tentar enfrentar o meu pavor...

Bom, começou assim: Carol e eu estávamos juntas na frente do espelho do banheiro brincando de experimentar perucas. Nós temos muitas perucas e maquiagens porque nossa mãe é atriz e, depois de cada espetáculo, ela traz o que usou para casa. Mamãe sempre diz que podemos brincar de teatro, ela gosta quando fazemos isso. De vez em quando, organizamos um espetáculo. Quer dizer, escrevemos algumas cenas, depois filmamos e postamos. Nosso canal no YouTube, Gêmeas em Cena, está fazendo o maior sucesso! Já temos centenas de inscritos!

Enfim! Na noite do terror, a Carol e eu não queríamos dormir cedo... Era sexta-feira, 13 de agosto, disso eu lembro muito bem. Coloquei a peruca de cabelos bem pretos, lisos, curtinhos e passei batom roxo. A Carol pegou a peruca de cabelos bem longos e brancos, passou uma base bem clara na pele, batom branco na boca...

— Você está parecendo um fantasma — eu disse e ri muito...

Mas a Carol não achou engraçado. Ela ficou parada se olhando no espelho, sem piscar, a boca meio aberta...

— O que é isso, Carol? Você já está ensaiando? Mas ainda nem escrevemos o roteiro de hoje...

Nada. Nenhuma resposta. Senti o suor escorrer na minha testa, mas era inverno e eu não estava sentindo calor de verdade. Minha boca ficou seca. Abaixei a cabeça até a torneira da pia e lavei o rosto. Tomei coragem e olhei para o espelho. O reflexo da minha irmã era o mesmo: ela estava de boca aberta e olhos arregalados. De repente, ergueu a mão esquerda com o dedo apontado para o meio do espelho. Imitei o gesto, como se estivéssemos no teatro. Nisso, as duas janelinhas do fundo do banheiro se abriram com força e começaram a bater como se estivesse ventando muito lá fora. Corri para tentar fechar, claro, e achei que minha irmã fosse fazer o mesmo. Nada. Ela continuou parada daquele jeito bizarro, apontando para o espelho. Estiquei o braço e fechei sozinha as duas janelas. Não chovia. Estranhei a ventania seca, mas tudo bem. De repente, minha irmã gritou. Foi um berro apavorado que atravessou minha cabeça com tanta força que quase desmaiei. Olhei pelas janelas. E eu vi. Juro que vi. Isso que eu escrevo agora não é roteiro de peça, não é invenção, é a mais pura verdade.

Uma mulher voava perto da janela, as roupas brancas, os cabelos longos e quase transparentes, os olhos fundos. E ela cantava alto. A voz se misturava ao vento e doía dentro de mim. Era um canto sem palavras, como se fosse um uivo, só que, ao mesmo tempo que era totalmente esquisito, tinha uma melodia bonita. Um canto antigo que eu nunca tinha ouvido. Fiquei hipnotizada. Nem me toquei de que moramos no décimo andar e que ninguém normal poderia estar voando ali do lado de fora. Não sei por que, a única coisa que eu queria era puxar a mulher para dentro de casa. Era como se o canto dela fosse um pedido de ajuda, como se me chamasse.

Estiquei a mão pela janelinha aberta.

— NÃOOOO!

Dessa vez o grito veio às minhas costas. Minha irmã. Ela bateu a mão no espelho com tanta força que o quebrou. Depois desmaiou. Corri para chamar meus pais. Eles estavam tranquilos, tomando chá e conversando na sala. Não tinham ouvido nada. Foi muito estranho! Eu tinha certeza de que as janelas tinham feito muito barulho, e o berro da Carol também.

Quando entrou no banheiro e viu Carol desmaiada daquele jeito, com o rosto muito vermelho e o cabelo encharcado de suor, mamãe tirou forças não sei de onde para pegar minha irmã no colo e levá-la até a cama. Então voltou correndo para fechar a janela do banheiro e molhar a toalha de rosto com água fria da bica. Um minuto depois estava de novo no quarto, pedindo o termômetro ao meu pai e colocando a compressa na testa da Carol. Sim, minha irmã estava ardendo em febre.

No fim das contas ela ficou de cama por dois dias. Por mais remédios que Carol tomasse, a temperatura não baixava e o delírio não passava. E, para piorar, foram quarenta e oito horas cantando sem parar. Igualzinho à mulher voadora, translúcida do lado de fora da janela.

Quando Carol finalmente melhorou, todos ficaram felizes e as coisas aparentemente voltaram ao normal.

A-p-a-r-e-n-t-e-m-e-n-t-e...

Porque ela não é mais a mesma... Nunca mais quis fazer teatrinho comigo ou qualquer outra brincadeira. Não me conta mais nada, mal fala comigo. Mas quando estamos com a família reunida, ela age como se fosse minha antiga irmã... Ou seja, meus pais estão tranquilos, mas quem continua com muito medo sou eu.

Por quê?

Porque fico o dia inteiro ouvindo minha irmã gêmea cantar aquilo que eu resolvi chamar de "A cançãozinha do além". *Do além* porque cismei que aquela coisa, aquela aparição na janela, era um fantasma. E que talvez essa assombração tenha entrado na cabeça da Carol e dominado a personalidade dela. Eu vi um filme de terror que era assim... E o pior: quando nossos pais não estão conosco, ela deu para falar sozinha num idioma que eu não conheço. E de madrugada levanta da cama e anda pelo quarto como se fosse sonâmbula. Ela senta na escrivaninha e faz desenhos tão bonitos e esquisitos quanto essa música que não para de cantar...

Posso estar ficando ainda mais esquisita do que a Carol, mas não aguento mais essa situação. Já tentei dizer aos meus pais que ela mudou, que algo de muito estranho está rolando aqui em casa... Acontece que a reação da mamãe foi o oposto do que eu esperava: ela gostou tanto dos desenhos da Carol que disse que vai usá-los em seu próximo espetáculo. Perguntou se eu estava com ciúmes. "É a primeira vez que vocês não fazem algo juntas, Catrina", ela me disse. Não tem nada a ver. Eu não sinto ciúmes. Sinto é pavor. Somos gêmeas idênticas. Cabelos castanho-avermelhados e encaracolados, olhos verdes, mesma altura.

    Quando a minha irmã fica pelo quarto girando, cantando, é como se uma parte de mim estivesse fazendo a mesma coisa. Fico só lembrando da mulher voadora na janela. E o suor brota na minha testa. A minha boca seca. O medo me domina e eu não sei o que fazer.

    O que foi aquela aparição?
    O que aconteceu com minha irmã?
    O que significa tudo isso?
    Espero que vocês possam me ajudar, não tenho mais ninguém com quem conversar. Tentei até falar com amigos, mas todo mundo fica achando que é alguma invenção para a próxima peça do nosso canal. Ninguém acredita no que eu digo...

    Por favor, façam alguma coisa ou me digam o que preciso fazer...

*Catrina Sampaio O'neill*

São Paulo, 28 de maio de 2018

Querida Catrina,

Obrigada por compartilhar essa situação tão assustadora que você está vivendo. Para que você veja como eu sei do que você está falando, vou te contar o que me aconteceu.

Um dia, eu simplesmente acordei no hospital. Mal conseguia me movimentar e meu corpo inteiro doía; meu ombro e braço esquerdos estavam imobilizados, assim como minhas pernas. Apavorada, tentei me debater, mas a enfermeira entrou e chamou minha mãe. Ela me beijou na testa e pediu que eu ficasse calma.

— Filha, você não lembra do que te aconteceu? — ela me perguntou.

O pior é que eu não me lembrava de absolutamente nada. Esse branco na cabeça me dava ainda mais medo do que estar imóvel na cama de um hospital.

— Você sofreu um acidente, filha. Foi atropelada, mas agora está bem!

— Como assim "bem"? Mãe, me dá o celular! Quero falar com o papai!

— Você não deve se lembrar, mas seu celular foi destruído no acidente. E seu pai está a caminho, não se preocupe.

Minha mãe foi me dando beijos na cabeça enquanto me contava que eu tinha olhado o celular enquanto andava de bicicleta. Foi uma distração rápida, mas eu saí da ciclovia por um minuto e, bem na hora, uma mulher estava dando marcha à ré para sair do supermercado com o carro cheio de compras e não me viu. Como era uma rua muito íngreme, eu caí e rolei até o quarteirão de baixo. A mulher ficou desesperada, deixou os dois filhos pequenos sozinhos no carro e saiu correndo atrás de mim. Parece que ligou para a polícia chorando. A gerente do supermercado me conhecia, chamou meus pais aqui estou. Um minuto para mandar uma mensagem vai custar meses de reabilitação.

Quando fui para a casa, com as duas pernas e um dos braços no gesso, tive uma espécie de crise de ansiedade. Não conseguia ficar sozinha, nem dormir.

Minha mãe é livreira. A primeira coisa que pensou foi em me manter perto dela, na livraria. Eu estudava em casa e passava as tardes vendo clientes entrando e saindo, ganhava livros de presente, ouvia a conversa das pessoas. Aos poucos fui me sentindo um pouco melhor, mas o medo mesmo nunca ia embora de verdade.

A livraria da nossa família fica num bairro muito arborizado aqui em São Paulo. No jardinzinho da entrada, temos uma mangueira imensa, que virou a árvore preferida de uma família de macacos-prego. E desde pequena eu gosto de ficar vendo os macaquinhos. Meus pais adoram animais e plantas, então sempre cultivaram a árvore com carinho.

Às vezes crianças gritavam quando os viam. Isso me irritava, então pedi à minha mãe que sempre deixasse algum livro sobre macacos e animais silvestres na vitrine. De vez em quando até eu resolvia lê-los ou inventava historinhas sobre macacos para fazer com que as crianças os amassem também.

Sou nadadora, jogo vôlei e futsal, e a agonia de ficar imobilizada e nunca mais conseguir praticar nenhum esporte era grande. Um sentimento ruim sempre puxava vários outros piores ainda, então bastava eu ficar um pouco desanimada para o medo também vir junto. Depois de quinze dias, já estava dominada por medo, impaciência e uma raiva imensa. Eu fiquei insuportável, implicante e agressiva com todo mundo, até mesmo com as crianças que frequentavam a livraria. Minha mãe não queria que eu ficasse isolada em casa, mas nem ela me aguentava mais ali.

Ninguém sabia direito o que fazer comigo, e eu estava totalmente perdida. Será que voltaria a andar, nadar e jogar como antes?

Quando a gente passa por uma experiência assim, de risco de morte, algo se quebra. Desde o acidente, eu nunca mais acreditei que as coisas sempre acabam dando certo. A única certeza que eu tinha de verdade era de que o perigo existe para todos, e isso me apavorava.

A primavera chegou e me senti mais triste ainda. A vida continuava sem mim. As pessoas andavam de bicicleta, jogavam na escola com os colegas, e eu imobilizada. Passei por duas cirurgias nas pernas, meu joelho direito doía muito ainda. Não era só o problema de ficar parada muito tempo; dentro de mim, parecia que o tempo não passava — ou melhor: o tempo corria para todos, menos para mim.

Aos poucos, comecei a dar desculpas para não ir à livraria; preferia ficar em casa, vendo filmes no computador ou só quieta, no meu quarto, olhando para o teto sem vontade de conversar. Minha mãe, que é sempre tão paciente, um dia perdeu a paciência e me obrigou a acompanhá-la no trabalho. Ela queria muito que eu conhecesse um escritor que daria uma palestra na livraria.

Acontece que esse escritor em especial era uma pessoa totalmente diferente de todas as que eu já tinha encontrado. Ele não morava na cidade, vinha de uma reserva indígena. Logo no começo de sua fala, ele grudou os olhos em mim, e comecei a me sentir menos esquisita. Alguns leitores se empolgavam com as coisas que ele dizia, outros não, e reclamavam bastante. Eu me diverti percebendo que ele gostava de desafiar o público.

O que eu não podia imaginar era que ele iria desafiar minha mãe.

— Escute, Daniela, você que tem uma mangueira maravilhosa no jardim, já deixou a sua Isabel ali, na sombra?

— Depois do acidente? Não. Só fazia isso quando ela era pequenininha.

— Então me dê licença.

O escritor se afastou da mesa dos autógrafos, chegou perto de mim, pediu licença de novo e empurrou minha cadeira de rodas até o quintal. Do lado da árvore, ele me pegou no colo com facilidade e me pôs sentada na terra, sobre as raízes da mangueira. Eu gostei, fazia muito tempo que não sentava na grama. Fiquei encostada no tronco, as pernas esticadas no chão, sentindo vontade de dar risada, uma vontade que eu não sentia desde o acidente.

Achei que ele ia me dizer muitas coisas, me dar conselhos, mas não, nada. Ele ficou sentado, calado do meu lado. Quando estava me enraizando no silêncio tranquilo que ele dividia comigo, ouvi ele dizer:

— Você acredita em fantasmas?

— Ah, eu quase virei uma assombração, escapei por pouco.

Na hora, pensei que aquela pergunta não tinha nada a ver com o dia de sol, com a força do tronco da mangueira contra minhas costas ou com a alegria dos macaquinhos saltando pelos galhos lá no alto.

— Olha para cima que você vai ver um fantasma.

— Assim, de dia? Fantasma não é coisa da noite?

— Não. Olha bem.

Fiz o contrário. Fechei bem os olhos. Ele riu.

— Que terror, hein? Isso aí é pavor de ver aquilo que você tem medo de virar.

O jeito de ele dizer as coisas era diferente; divertido de tão verdadeiro.

— Todos e tudo um dia passam de uma vida para a outra.

— Tudo? Não estou entendendo.

— Tudo mesmo. Olhe para o meu ombro agora. Preste bem atenção.

Eu a vi. Uma fêmea de macaco-prego, sentada no ombro dele, as mãozinhas brincando com os cabelos longos e colares que ele usava. Olhei ao redor, as pessoas nos observavam de longe, mas com uma cara normal. Foi então que percebi que só eu e o escritor conseguíamos vê-la, ali, ao nosso lado.

— Se você escolher um nome para ela, terá uma amiga. Ou uma espécie de mãe. Ela vai te adotar. Vamos, pense num nome.

— Maria Manga — eu disse tão rápido, sem saber direito por quê.

— Ótimo. Gostei.

Quando senti a mão carinhosa da Maria passar pelos meus cabelos, tentei tocá-la. Mas não era possível. Olhei firmemente para ela, conseguia vê-la tão bem: a cauda longa, os olhos superinteligentes, mesmo assim, minha mão só tocava o vazio. Quase gritei, mas o escritor fez sinal para que eu ficasse quieta.

— Vou te contar uma coisa muito simples. As pessoas se consideram únicas, os seres mais importantes do planeta. Tudo bobagem e mentira. Eu não entendo direito de onde veio ideia tão ridícula, mas é por isso que quando se diz a palavra "fantasma" logo se pensa num ser humano que morreu e ficou rondando os vivos. E os cães? Os gatos? Os pássaros? As árvores? Quem disse que não viram fantasmas também? Ande, Isabel, se você olhar para sua amiga Maria, verá o mundo com os mesmos olhos que ela.

Assim que sorri para Maria Manga, ela se aninhou no meu colo. Senti uma felicidade muito boa, meio à toa, e fechei os olhos naturalmente. Quando os abri, vi Outro Mundo. Árvores imensas, repletas de animais foram surgindo no meio do asfalto da avenida, dentro das casas. Era como se eu visse dois tipos de realidade, uma concreta e outra meio transparente, mundos que se misturavam um ao outro.

Olhei para meu corpo. Vi minhas pernas livres, se movimentando tão bem que subi na árvore, ao lado da pequena Maria; era tão bom ver tudo da copa. Colhi uma manga, e o gosto dela era tão delicioso que parecia bom demais para ser de verdade.

— Filha, preste atenção.

De repente, lá estava minha mãe ao meu lado, o escritor já indo embora, entrando no carro.

— Espera! Você precisa me explicar — gritei.

Ele acenou de longe, sorriu e apontou para o meu ombro. Maria

Manga continuava comigo. Em seguida, minha mãe me carregou até o carro. Percebi que ela não enxergava minha nova amiga. Se eu tentasse lhe contar o que tinha acontecido, ela não iria acreditar.

Nas semanas seguintes, Maria e eu brincávamos sempre que eu estava sozinha no meu quarto. Ela puxava meus braços, me ajudava a movimentar as pernas devagarinho. Aquela primeira alegria que senti quando ela apareceu para mim foi aumentando. De noite, eu sonhava que nós pulávamos de galho em galho, mas não era um sonho de voo normal, era bem melhor e mais alegre.

Já na primeira consulta desde que Maria Manga, minha protetora secreta, começou a cuidar de mim, o fisioterapeuta ficou animado; ele não acreditava na rapidez inesperada de minha recuperação. Até que eu voltei a andar, a nadar. Quando corri pela primeira vez depois do acidente, chorei de alegria. Essa foi justamente a última vez que senti a mão carinhosa de Maria Manga sobre meus cabelos. Ela simplesmente sumiu. Por mais que eu a procurasse ao meu redor, ou a chamasse nos sonhos, eu não a via. Minha mãe não me entendia:

— Isabel, por que você está toda hora chorando agora? Deveria estar feliz com a recuperação. Você já pode até voltar a jogar vôlei, futsal... Quer praticar um novo esporte?

Aceitei. Agora eu queria escalar. Logo na primeira aula, na academia, fui subindo pelo paredão tão rápido que tive certeza de que era Maria Manga quem estava ali comigo, me ensinando a ser como ela.

Pronto, Catrina, agora você já conhece como foi meu primeiro encontro com um fantasma. Essa carta já está bem longa, então vou direto ao assunto: não é para você ter medo. Começar a enxergar fantasmagorias é um pouco como passar de fase no videogame. Um novo cenário. Outros desafios. Outra lógica. Mas também pode ser muito emocionante!

E aguente firme, logo entraremos em contato.

*Isabel Rosa*
(Diretora adjunta, Sociedade dos 1002 Fantasmas)

São Paulo, 7 de junho de 2018

Querida Isabel,

Eu adorei receber sua carta. Primeiro, porque gostei tanto da história da Maria Manga! Queria muito uma fantasma da mata do meu lado, que coisa incrível!

Segundo, porque entendi que você também já passou por situações estranhas. Quando alguém nos conta um segredo assim, afasta o nosso medo de estar sozinha, sem ter ninguém para trocar ideias... Agora eu sei que posso escrever para vocês aí da Sociedade, e isso me acalma muito.

Terceiro, estou gostando desse negócio de cartas! A gente vive digitando no computador. Mas parece que escrever à mão, com a nossa letra, ajuda a organizar melhor os pensamentos.

Vou então te contar como estão as coisas por aqui...

Na nossa casa, mamãe sempre incentiva as atividades artísticas, e o papai, as esportivas. Por isso, desde bem pequenas, minha irmã e eu frequentamos acampamentos. Na verdade, é sempre o mesmo lugar: o Ranchão do Tony.

O tio Tony, que fundou o acampamento, fez amizade com meu pai quando tínhamos uns três anos. Ele veio do Arizona, nos Estados Unidos. Não somos parentes de verdade, mas ele diz que considera meu pai como irmão. Ele e a tia Ellen adoram crianças e natureza. Assim que crescemos, papai começou a nos mandar ao acampamento não só nas férias, mas também em alguns feriados. Bem, não é nada luxuoso, com atividades sofisticadas, piscinão, essas coisas... Pelo contrário, o acampamento é até meio tosco, as brincadeiras nunca mudam, tipo corrida de saco, gincanas sem pé nem cabeça, até as histórias de assombração na frente da fogueira são sempre as mesmas... Acho que é por isso que a gente gosta. A cada ano que passa, percebemos como é tudo um pouco bobo, mas isso também nos dá a impressão de termos crescido. A gente se sente cada vez mais esperta. É bom.

Na semana passada, logo depois que eu enviei a carta para você, papai cismou que a Carol e eu tínhamos que acampar. Típico do papai... Ele deve ter percebido alguma coisa meio estranha, mesmo que eu não tenha contado nada sobre o sonambulismo da Carol, as musiquinhas do além ou, principalmente, a mulher que voa, canta e bate na nossa janela todas as noites. De qualquer jeito, alguma coisa ele percebeu, porque mandar a gente para o Ranchão foi o jeito que encontrou de nos acalmar, alegrar, essas coisas.

Quando Carol e eu pegamos a minivan para o acampamento, eu estava muito feliz. Sentamos nos mesmos assentos de sempre e gargalhamos cantando as cançõezinhas do Ranchão. Os outros garotos que viajavam conosco nos olhavam e riam da nossa cara, achando a gente duas idiotas, mas tudo bem. É bom fazer papel de boba de vez em quando... Palhaçada é alegria.

O tio Tony tinha reservado o mesmo beliche de sempre para nós duas. Foi tão bom voltar a deitar na mesma cama de quando éramos pequenas! Também foi legal conhecer o acampamento melhor do que todos os outros. Saber como chegar na clareira das fadas no meio da floresta, conhecer a trilha oculta por detrás da cachoeira e as melhores árvores para escalar.

Chegamos na sexta para passar o fim de semana. Carol e eu conhecíamos os caminhos e as trilhas de cor. É engraçado, todo mundo acha que jovem só gosta de novidade, mas isso é mentira. Nada como repetir coisas rotineiras e tolas que se gosta de fazer... Dá uma sensação boa de segurança. Cama usada, floresta mapeada, comida e tempero sempre iguais, assim como as sobremesas, visitar outra vez as mesmas árvores, como se fossem nossas velhas amigas.

O primeiro dia foi maravilhoso. Tomei o cuidado de deixar a Carol no beliche de baixo, com medo de que ela resolvesse sair andando e acabasse caindo lá de cima. Mas ela dormiu tão tranquila, nem acreditei.

Todo mundo pensa que a galera só gosta de vencer competição, de chegar em primeiro lugar e ainda zoar os perdedores. Mentira. No Ranchão não tem nada disso. Jogamos vôlei, futsal... você ia gostar, Isabel. A gente se divertia até quando tomava um gol ou perdia uma partida. No Ranchão, perder é mais divertido que vencer.

Carol e eu já sabíamos o que ia acontecer no sábado à noite. Quer dizer, nós pensávamos que sabíamos. Mas acabou não sendo nada parecido com os outros anos.

Depois do jantar, todo mundo se sentava ao redor da fogueira ao ar livre. Tony trazia o violão e cantava. Carol e eu gostávamos de fazer coro e bater palmas para animar a festa. Logo todos os participantes estavam acompanhando a gente, dançando em volta da fogueira. Quando o Tony percebia que a galera já estava ficando meio cansada, ele anunciava que ia contar as histórias malucas e assustadoras típicas das noites do Ranchão. Nessa parte tem gente que ficava com medo e voltava pro alojamento, mas uma galera ficava animada para ouvir as tais histórias.

Tony ia contando causos de assombração sem parar, até finalmente chegar na famosa e horripilante história da mula sem cabeça. Essa sempre foi minha preferida, porque não era uma narrativa qualquer. Tony pegava o violão e ia pontuando a história com uns acordes para que ficasse mais assustadora.

— Ninguém sabia de onde tinha vindo a mula com cabeça de fogo a correr solta pelos campos, nem se ela era do bem ou do mal. As pessoas gritavam quando a viam, porque, quando a mula empinava, sua cabeça em chamas brilhava e ela zunia ferozmente — ele declarava, fazendo careta e engrossando a voz, como trovão.

Bem, sempre que ele chegava nessa parte misteriosa e superassustadora, tia Ellen, vestida de preto dos pés à cabeça para ficar quase invisível na noite, passava galopando com a mula do Ranchão bem ao lado da fogueira. Tony largava o violão e dava um berro bem alto:

— É ELA! A MULA SEM CABEÇA!

Todo mundo ficava apavorado. A gritaria era geral. Alguns se abraçavam, outros choravam de medo, outros corriam de volta para seus quartos. Nisso, Tony acendia a luz da lanterna, e, ao mesmo tempo, alguém acendia as luzes da varanda, lá longe. Ninguém entendia nada do que estava acontecendo até ele anunciar, rindo:

— Gente! Vamos agradecer nossa querida Ellen, que participou dessa bela performance!

E, de cima da mula, tia Ellen arrancava o capuz, a capa preta e fazia uma reverência, agradecendo. Todos amavam, aliviados do medo, e iam fazer carinho na cabeça da mula que de assustadora não tinha nada. Pura folia. Infantil, até...

Carol e eu conhecíamos aquela encenação de cor e ficávamos contendo o riso para não estragar o suspense. O que nunca eu poderia ter imaginado foi o seguinte: naquela noite, assim que a tia Ellen tirou a capa e a brincadeira acabou, ouvimos um uivo que parecia não ter fim. Era estarrecedor. Olhei ao redor para ver o que estava acontecendo e corri até o Tony.

— Ué, tio Tony, você mudou a brincadeira hoje? — perguntei.

Ele não disse nada. Com a boca aberta e os olhos saltados de medo, ele só fez que não com a cabeça. O uivo aumentava, ecoava, se espalhava pelo Ranchão, passava pelo alojamento, alcançando até mesmo a estrada vazia.

Os garotos que acampavam conosco só riam, batiam palmas e diziam:

— Da hora!

— Demais!

— Dessa vez parece até de verdade!

O problema era exatamente esse: era de verdade.

Ergui os olhos até o céu enluarado e lá estava ela... A mulher fantasma da nossa janela. O cabelão voando, se espalhando por sobre as árvores, o uivo crescendo e me ensurdecendo.

E a Carol?

Caminhando pela estrada, os braços esticados para o alto, ela cantava exatamente como a mulher voadora. Uma no céu, outra na terra, idênticas na cantoria do além.

O tio Tony me abraçou, dizendo, baixinho:

— Você combinou com sua irmã de fazer essa performance? Vocês duas deveriam ter me avisado! Até eu estou com medo.

Olhei para ele e vi que não tinha jeito. Por mais amigo que ele fosse, era um adulto. Não ia acreditar nunca em nada que eu dissesse. Se eu lhe contasse que a Carol falava *fantasmês*, quer dizer, um idioma totalmente desconhecido para mim, que ela desenhava as imagens mais estranhas, que conversava direto com uma mulher transparente e voadora, ele ia achar que eu estava com problemas. Ligaria para meus pais e diria que eu precisava de ajuda.

De qualquer jeito, tudo aquilo foi bom para o tio Tony e para a tia Ellen. Alguém pegou o celular e filmou a Carol cantando loucamente feito uma assombração e o vídeo viralizou. Agora o Ranchão tem até lista de espera, centenas de jovens querem participar da noite do terror... Resumindo: aquele final de semana foi um sucesso. Para o acampamento...

Mas o tio Tony, quando viu que não conseguíamos explicar direito nada do que tinha acontecido, de onde tinha surgido a mulher, que músicas estranhas eram aquelas que a Carol cantava, simplesmente ligou para meus pais. Disse que estávamos ambas com problemas... Que estávamos inventando coisas ou, talvez, escondendo segredos demais.

O que posso fazer?

Para piorar: Carol e a mulher voadora agora ficam horas conversando pela janela do banheiro. Não entendo o que elas dizem. Quando chamo meus pais, a mulher some e Carol finge que é tudo invenção minha. Uma mulher pairando do lado de fora da janela do décimo andar do meu prédio? Quem é que vai acreditar? Já estou eu mesma achando que fiquei fora da realidade. Será que eu criei tudo isso? Será que estou vendo coisas que não existem, que nunca aconteceram? Será que é tudo delírio meu?

Não vejo a hora de chegar a próxima carta. Vocês, da Sociedade, são meu único consolo!

Abraços apertados para todos!

*Catrina*

Dublin, 10 de junho de 2018

Querida Catrina,

Fui escolhido pelos membros da diretoria para responder à sua carta e estou honrado. Assim como seu pai, sou irlandês; minha família é de Howth, um lugar muito bonito na costa da Irlanda. Entrei para a Sociedade dos 1002 Fantasmas quando visitávamos Dublin, nas férias.

Um dia, enquanto andávamos pela capital, meus pais disseram a mim e à minha irmã que poderíamos escolher um presente cada um. Estávamos caminhando no centro, quando entramos numa ruela. Minha irmã parou para olhar uma vitrine de sapatos e eu, exatamente no mesmo minuto, vi uma escadinha de pedra diante da loja. Subi os degraus antigos sem muito pensar e, de repente, me vi dentro de um sebo cheio de livros e jornais antigos. Pregado na parede como se fosse um cartaz, havia um anúncio da Sociedade dos 1002 Fantasmas, muito parecido com o que você deve ter encontrado antes de nos escrever.

Quando parei para ler, o dono do sebo veio falar comigo. Ele parecia simpático, sorria de um jeito amistoso e disse algo que, na hora, não entendi.

— Garoto, se você está lendo esse anúncio, é porque vai precisar desses amigos em breve!

Em seguida, tirou o cartaz da parede, enrolou rapidamente e me deu de presente. Depois piscou algumas vezes, completando: — Não tenha medo. Você sempre terá proteção!

E ele estava certo. Mas não vou contar o porquê agora, já nesta primeira carta. É preciso, inicialmente, que eu passe algumas informações fundamentais sobre nossa Sociedade:

Trata-se de uma organização muito antiga que se espalhou por todos os continentes. Até bem recentemente ela era conhecida como Sociedade dos 1001 Fantasmas, mas após a virada do milênio a diretoria optou por chamá-la de Sociedade dos 1002 Fantasmas, para que o novo nome contenha os números deste século. Acreditamos também que, aos poucos, as pessoas se sentirão mais tranquilas para falar de fantasmas e de coisas hoje consideradas extraordinárias.

Aparentemente a Sociedade iniciou-se no Egito, mas não temos registros dessa fase, apenas histórias que contamos uns aos outros.

Atualmente temos um grande arquivo de cartas e depoimentos de pessoas que passaram por experiências incomuns, e conservamos um grande número de manuscritos em vários centros espalhados pelo mundo. Seria mais fácil se tudo fosse feito pelo computador,

salvo numa nuvem, mas insistimos que
toda correspondência entre nós seja
feita por cartas. Há várias razões para
isso. Uma carta contém a letra da
pessoa. Isso é muito revelador.
Ao ler seu manuscrito, por
exemplo, percebi manchas
de água no papel, como se
você estivesse escrevendo
escondida no banheiro, perto da pia. (Estou certo?) Seu
envelope é amarelo, uma cor muito escolhida por gente
alegre. Você escreveu com caneta e não rasurou nada.
Isso me deu a impressão de que você é uma garota que
faz as coisas com firmeza, que pensa antes de escrever
e depois assina embaixo. Finalmente, quando alguém
se dá ao trabalho de selar uma carta, despachá-la, é sinal
de que realmente quer se comunicar. É muito diferente da troca virtual, onde tudo é tão rápido e se diz coisas
por impulso. Além disso, o correio é bem mais sigiloso
que a internet. Uma carta pode atravessar os tempos,
mas também pode ficar bem guardada até mesmo dos
hackers mais habilidosos.

Agora vamos ao que mais interessa:

O vulto branco, de cabelos longos e esvoaçantes que
sobrevoava sua janela deve ser uma Banshee. Por mais
assustadora que ela possa ser e por mais esquisito que
pareça seu canto, uma Banshee é um espírito protetor,

uma guardiã. Ela protege famílias de origem irlandesa e as acompanha mesmo em países distantes, em lugares muito diferentes dos antigos castelos e casarões da Irlanda. Em 1437, o rei James da Escócia recebeu a visita de uma Banshee à noite. Ele a ouviu cantando do lado de fora da janela e a convidou a entrar. Assim ela o alertou da conspiração para tirá-lo do poder.

Sei também da história de um cavaleiro que atravessava os campos ao entardecer. Aqui na Irlanda, durante o inverno, os dias são curtos. Às seis horas da tarde já é muito escuro. De repente, ele avistou uma ponte da qual não se lembrava. Primeiro pensou que tinha se perdido de seu caminho. Depois, percebendo a névoa forte que cercava a ponte, achou que seria difícil atravessá-la por falta de visibilidade. Mesmo assim, ele instigou o cavalo. Sentia fome, cansaço e muita vontade de voltar para casa. O cavalo deu um passo adiante, mas, do nada, surgiu uma mulher alta, de cabelos longos e brancos, sobrevoando a cabeça do animal. Ela cantava e parecia comandar o cavalo, que se recusou a atravessar a ponte e depois saiu disparado no meio da escuridão. O cavaleiro perdeu o controle, mas não sentiu medo algum. Diante dele, a Banshee voava rapidamente, conduzindo o cavalo por caminhos mais seguros. Assim que ele avistou as luzes da casa, a Banshee desapareceu sem que ele pudesse lhe agradecer. Logo que ele entrou, sua mulher o abraçou. Ela disse que estava muito preocupada porque a ponte ruíra, mas ninguém tinha colocado um aviso ainda. Ele então lhe contou como sua vida fora salva por uma Banshee e sua história acabou virando uma lenda na região.

Conclusão: se uma Banshee foi bater na janela do seu apartamento em São Paulo, se ela entrou na cabeça de sua irmã, Carol, é porque um grande perigo está para chegar. Lembre-se, a Banshee é uma guardiã. Cuide-se e preste atenção!

Se você puder e quiser, mande um desenho (ou uma cópia do desenho) de sua irmã para nós. Desenhos são como cartas, de certa maneira...

E se as coisas ficarem ainda mais esquisitas, escreva imediatamente! Estamos aqui para ajudar!

*James J.*

São Paulo, 16 de junho de 2018

    Querido James,

Você não imagina como foi bom ter recebido sua carta! Minha irmã continua mudando mais a cada dia. Para você ter uma ideia, agora ela arruma o cabelo do jeito que quer, sem nem falar comigo — antes nós sempre combinávamos o corte de cabelo. Gostamos de ser gêmeas e nos divertimos quando as pessoas nos confundem uma com a outra. Usamos roupas parecidas e temos o mesmo estilo. Mamãe não gosta muito disso, diz que precisamos ter nossas individualidades e diferenças... Nós sempre dávamos risada quando ela reclamava de nossa mania de ficar idênticas. Mas isso mudou. Minha irmã continua cantarolando o dia inteiro e não me dá muita atenção. Eu agora estou um pouco mais tranquila, de volta à rotina da escola e dos esportes, mas a Carol está enfiada nos livros, quase não sai de casa. Foi parecido com a sua história: ela resolveu ir até um sebo no centro da cidade escolher algo novo para ler e voltou com a sacola lotada de livros antigos sobre mitos e lendas. Além disso, desenhou estrelas e planetas no teto, em cima da cama. É como se ela estivesse criando um mundo próprio, completamente diferente do meu. E em todas as madrugadas ela levanta, vai até a janela e abre as cortinas. Depois fala horas com a fantasma.

James, você tem certeza de que a Banshee é protetora? Ando muito, mas muito assustada mesmo...
Abraços,

*Catrina*

Salvador, 1º de julho de 2018

Querida Catrina,

Gostei muito do seu nome. Ele é tão bonito de dizer! Eu me chamo Mabel e também faço parte da Sociedade dos 1002 Fantasmas.

Antes de tudo quero te contar o seguinte: aqui em Salvador, onde moro com minha família, todo mundo diz que gêmeos são pessoas de muita sorte. Até no candomblé, minha religião e de muitos outros na Bahia, há divindades mirins que são gêmeas; elas trazem prosperidade e alegria para todos os que amam. São chamadas de ibejis, crianças mágicas guardiãs da justiça. Todos os gêmeos nascem acompanhados de um par de ibejis. Assim diz minha avó.

Por isso, amiga, fique tranquila! Você e sua irmã já nasceram com muita sorte.

Mas não se esqueça: quando um perigo ou algo muito estranho se apresenta na vida da gente, não há o que fazer, a não ser tomar cuidado e prestar muita atenção à nossa volta! Quando se leva um tombo, por exemplo, é o corpo ensinando para nós que sempre é preciso prestar atenção no caminho dos pés. Se a cabeça está na lua e os pés esquecidos correndo pelas pedras, é queda na certa.

E eu tenho conhecimento de causa, viu? Salvador é quase inteira feita de pedras antigas e eu vivia tropeçando e caindo no meio da rua! Até que minha avó me ensinou a voltar atrás no caminho para ver onde é que eu tropeçava. Que tipo de pedra me fazia cair, se era na descida, na subida, se era por causa de buracos mesmo ou porque eu tinha caminhado rápido demais. Cada vez que eu percorria de volta o caminho do tombo parece que eu aprendia um pouco sobre mim mesma.

Por que você não faz o mesmo? Repasse os momentos desde o dia no banheiro, pense bem e escreva: o que foi que aconteceu de realmente extraordinário?

Já sei da história da sua irmã, claro. Mas, para mim, habituada com tantas lendas da Bahia, com o mar e seus mitos, nada disso pareceu fora do comum. É como se sua irmã estivesse descobrindo o mundo das estrelas invisíveis e você não conseguisse ver como os olhos dela estão enxergando agora. Isso é tranquilo. Logo que a porta da imaginação se abre, a pessoa precisa atravessá-la sozinha. Depois, se quiser compartilhar, tem que contar uma história, fazer um desenho, cantar uma canção. Essas são as entradas para os mundos da imaginação. Acho que sua irmã pode estar tentando convidar você para entrar nesse seu novo universo. Que tal se você cantasse junto com a Carolina? Já experimentou? Assobiar, dançar quando ela cantarola, talvez pintar um céu colorido na sua parte do quarto.

E a Fantasma Cantora, que na certa está tentando ajudar... Você já parou para ouvir e tentar entender a mensagem que ela quer passar?

Minha bisavó Quitéria, assim como minha avó, falava iorubá com fluência e me ensinava cantigas muito lindas. Sua voz era tão bela que parecia sobrenatural. Ela gostava muito de cozinhar, então todos os dias lavava os legumes, preparava os temperos na mesa antiga de madeira que era sua preferida. Depois, cantava ao cozinhar, e todo mundo dizia que a comida dela era divina. Quem canta os males espanta.

O James já avisou que te escreveu. Nossa sociedade milenar preza pelo conhecimento das fantasmagorias. Se ele disse que a Banshee é uma boa fantasma, acredite. Tente ouvi-la. Tente cantar com ela. Se não der certo uma vez, tente de novo. Vai chegar a hora em que o canto dela vai fazer sentido para você.

Tente de verdade. Ao menos uma vez.

Todo o meu carinho,

*Mabel*

São Paulo, 6 de julho de 2018

Querida Mabel,

Adorei sua carta! Depois que a li ontem, senti muita calma. Minha irmã estava cantarolando e desenhando no caderno, sentada na cama dela, que fica ao lado da minha. Os olhos dela erguiam-se para o teto toda hora, para olhar o céu de estrelas pregadas. Pela primeira vez, não senti medo. Tentei seguir seu conselho e cantarolar também. Pensei que ela fosse gostar e rir, mas não. Ela nem sequer me ouviu. Continuou cantando sozinha. Então fechei os olhos e imitei o canto, mas assobiando. Senti paz. Eu estava começando a gostar daquela melodia estranha quando a mamãe bateu na porta do nosso quarto e nos convidou para passar a tarde no teatro com ela.

Nós adoramos ir ao teatro e assistir aos ensaios da mamãe. Ela nos disse que ia se reunir com os outros atores para fazer leitura de mesa. Quer dizer, praticar apenas as falas da peça, todo mundo sentado na mesma mesa. Minha mãe geralmente prefere peças de drama, contemporâneas, mas dessa vez a companhia de teatro escolheu um espetáculo infantil: *Pluft, o Fantasminha*, escrito por Maria Clara Machado. Minha irmã e eu adoramos! Quando éramos pequenas, mamãe sempre lia para nós essa história sobre o fantasma criança que morria de medo de encontrar gente viva.

Para completar, a companhia está montando a peça em um lugar muito especial: o Scaramouche, no Bixiga, bairro cheio de tradições italianas. Nós adoramos o Bixiga! Não só porque lá é cheio de restaurantes italianos com muita comida deliciosa, mas também porque tem uma feira de rua muito legal com roupas, fantasias, brinquedos e objetos antigos para vender. O Scaramouche é também um dos mais antigos teatros da cidade e tem uma atmosfera incrível! Minha irmã e eu adoramos brincar nos bastidores, especialmente quando a Madame Cardinale, a dona e diretora do teatro, está por lá. Ela se diverte emprestando suas antigas roupas de cena para nós. Madame é uma diva, a mais bela atriz de seu tempo, assim como seu finado marido, Roberto, um dos homens mais elegantes do teatro brasileiro. Ele era o dramaturgo, e ela, a musa; um casal de tirar o fôlego! Às vezes, Carol e eu ficamos horas sentadas no sofá de seu antigo camarim, vendo fotos das peças no álbum de recortes, ouvindo Madame contar de sua vida.

De qualquer modo, naquela tarde da leitura, Madame Cardinale, minha irmã e eu éramos as únicas pessoas na plateia. Nós aplaudimos muito quando os atores terminaram. O clima estava muito agradável, com o elenco todo em sintonia, rindo e fazendo piadas... Eu acho que ser um artista é saber brincar de faz de conta durante a vida inteira. Mamãe sorriu e fez uma reverência para nós. Dava para ver o quanto estava feliz. Eu me senti muito especial por ter uma mãe tão linda e talentosa. Também percebemos que ela queria muito nos agradar, até mesmo pela escolha da peça, uma história que sempre curtimos muito.

— Que tal um sorvete na doceria Mio Sogno? — ela perguntou a nós três assim que o ensaio terminou. — Eu sei que a gente não deve comer doce antes do jantar, mas hoje estou tão contente! Vamos fazer diferente!

Madame recusou porque estava muito ocupada no teatro aquele dia, mas nós não dispensamos um sorvete!

A doceria era um lugar incrível, com a vitrine toda enfeitada de luzinhas coloridas e várias mesas espalhadas na rua. Pedimos sorvetes de casquinha e nos sentamos do lado de fora para conversar. Foi aí que uma senhora ruiva apareceu, perguntando sem a menor cerimônia:

— Posso tomar um sorvete com vocês, meninas?

Sem esperar resposta, ela sentou entre mamãe e eu. Reparei que a mulher tremia um pouco com o sorvete na mão. Ela segurava a bolsa o tempo todo, como se quisesse pegar o celular mas desistisse logo em seguida. Não sei bem. Ela era meio esquisita.

— Sou Talina — ela foi logo se apresentando. — Adoro seu trabalho, Julia Sampaio! Vi todas suas peças, seus filmes, não acredito que estou aqui, sentada ao seu lado! Estou realizando o meu sonho! Você pode me dar um autógrafo?

Carol e eu olhamos para o chão. Se tem uma coisa que a mamãe detesta é fã invasivo. Ela já é famosa há muitos anos, mas nunca permite que gente desconhecida a trate como uma amiga íntima. Ficamos as duas, minha irmã e eu, trocando olhares, só esperando que a mamãe pedisse que a mulher saísse da mesa, com educação, mas também com firmeza.

Só que não. Isso ela não fez.

Enquanto a tal de Talina olhava fundo nos olhos dela, mamãe parecia hipnotizada... A mulher falava sem parar, fazendo de tudo para ser gentil, mas eu percebia que os gestos dela eram nervosos e repetitivos, como se fossem artificiais. Ela usava uma fivela de flores de plástico no rabo de cavalo. Quer dizer, ela se vestia como se fosse uma garota da década de 1980! A blusa era verde-clara e a saia, azul-escura. Não consigo explicar direito... Ela tinha uma pinta grande e escura perto da boca, mas parecia de mentira, feita de lápis. Teve uma hora que ela virou e vi que tinha um pescoço grosso, com uma nuca carnuda, mas o resto do corpo era muito magro. Era como se o rosto não combinasse com o corpo e vice-versa. Na verdade, não eram as roupas ou o estilo dela. Eu até a achei um pouco simpática, mas algo não colava. Mesmo assim, quando mamãe me pediu para comprar uma xícara de café forte e uma fatia de bolo para Talina, eu obedeci.

Nisso, a Carol se levantou da cadeira, deu um tapinha no rosto da Talina e soltou um grito. Como se tivesse enlouquecido, arrancou o pratinho de bolo da mamãe e o jogou no chão. Por fim, sem explicação nenhuma, começou a cantar aquela mesma musiquinha do além.

Mamãe ficou muda, em estado de choque. Tentei abraçar a Carolina para ver se ela se acalmava, mas Talina se adiantou, fez um círculo com as mãos diante dos olhos da Carolina. Minha irmã se calou. As pessoas todas se viraram para olhar. Fiquei com vergonha. Pensei em pedir à mamãe e à Carol que fôssemos embora, que voltássemos para casa, mas Talina interrompeu meus planos com um verdadeiro interrogatório:

— Você está tendo pesadelos? Anda esquecendo as coisas? Tem tido surtos de pânico?

Para minha surpresa, Carol fez que sim com a cabeça.

Abracei minha irmã e a puxei para trás, para encarar aquela mulher tão suspeita. Talina reparou em mim.

— Você está com medo de alguma coisa? — ela me perguntou.

— Não tenho medo de nada, não. Eu só não gosto desse seu jeito. Larga minha irmã!

Talina sorriu com frieza. Os olhos dela me atravessaram, mas a boca se abriu como se ela se importasse comigo, como se me compreendesse... Depois, virou para mamãe, dizendo:

— Sua filha Carol tem profundas perturbações, ela é disfuncional, está totalmente fora de si. Esta é exatamente a minha especialidade: fazer com que meninas malucas recuperem a sanidade. Vou acalmar essa garota, vou esvaziar essa imaginação excessiva que ela tem, vou apagar todos esses medos injustificados. Sou bem competente. Se a senhora me permitir, vamos marcar um novo encontro aqui no teatro, onde está ensaiando. Posso voltar amanhã mesmo para dar início ao procedimento, não vai demorar. A sessão pode ser feita enquanto a senhora ensaia com os outros atores. Só vou precisar mesmo é de um cantinho agradável, silencioso, nos bastidores.

Meu corpo enrijeceu. O suor cobriu minha testa e minha boca ficou seca. Mamãe olhou para Talina como se estivesse enfeitiçada. Eu não acreditava no que via. Fui até minha mãe e fiquei cara a cara com a mulher. Eu queria quebrar aquele feitiço que ela parecia estar jogando na gente. Com um gesto rápido, a mulher me afastou, sem que mamãe percebesse como ela era hábil e, ao mesmo tempo, hostil.

Talina encarou mamãe, que ficou só fazendo sim com a cabeça e dizendo:

— Sim, volte amanhã, estou preocupada, quero que você me ajude, Talina — com uma voz intensa, como se estivesse dizendo as falas de um personagem.

A mulher sorriu, satisfeita, e se levantou da cadeira. Quando foi saindo em direção à rua, reparei que ela estava mandando uma mensagem de texto no celular.

Não sei por que, fiquei com a forte sensação de que ela tinha atingido seu objetivo, que tudo aquilo tinha sido planejado e que nós três, mamãe, Carol e eu, estávamos presas numa armadilha como se fossemos três ratinhas cegas... Estou apavorada! Se eu contar essas coisas aos meus amigos, ninguém vai entender nada!

Adultos então, nem pensar! Na certa vão dizer a mesma coisa que escuto sempre: que a minha imaginação é muito fértil, que quando eu crescer vou virar escritora ou atriz. E eu quero mesmo me tornar uma artista, mas nesse exato momento, o que eu preciso é de apoio e orientação. Quem era aquela mulher?

Tudo nela me inspira desconfiança e medo. Estou sentindo um pânico galopante, porque depois, quando voltamos ao quarto, Carol ficou parada na frente da janela, tremendo e cantarolando baixinho sem reparar que eu estava ao lado. Tive a impressão de que minha própria irmã gêmea não conseguia mais me reconhecer! Agora eu só posso contar com vocês, meus amigos da Sociedade.

Por favor, escrevam de volta o quanto antes!

*Catrina*

São Paulo, 14 de julho de 2018

Olá, Catrina,

Eu sou o Vítor Aligueri. Faço parte da diretoria da Sociedade dos 1002 Fantasmas. Quando eu era menino, vivi uma situação bem semelhante à sua. Um tal de tio Ademar surgiu do nada, convenceu meus pais de que era um parente. Ele era muito esperto, enrolou a família toda direitinho; até eu caí na lábia dele. Resultado: meus pais viajaram e me deixaram aos cuidados do Ademar, que era, no mínimo, esquisitíssimo. Senti um pavor fora de série. Foi quando escrevi para a Sociedade pela primeira vez. Quem diria que um dia eu me tornaria diretor adjunto? Enfim.

Tenho uma informação importante para te dar: você está certa em ter medo! Não sei se isso te tranquiliza ou piora a sua situação, mas, por minha experiência com o Ademar, acredito que seja melhor saber o tamanho do perigo a enfrentar do que ficar na dúvida e bobear.

Uma pergunta: você reparou na idade da tal Talina?

Pergunto isso porque uma vez, quando eu estava passando perigo nas mãos do falso tio, ele trouxe para casa uma mulher muito parecida com a que você descreveu. Ruiva, com cara estranha, nem feia nem bonita, mas que me causou muito impacto. Ela usava uma maquiagem bem pesada, um batom vermelho bem forte e uma pinta grandona perto dos lábios que parecia artificial. Reconheço a nuca gorda que você citou, o pescoço bem grosso, mas o corpo muito franzino. Parecia que sua cabeça pertencia a outro corpo. Lembro que ela ficava dizendo que tinha poderes sobrenaturais. Eu a apelidei de "ruiva do mal", porque ela me causava um tremendo pavor.

Enfim! A ruiva era jovem na época, e como não se passaram tantos anos assim, é possível que seja a mesma pessoa.

No meu caso, tanto o Ademar quanto a ruiva do mal estavam interessados em capturar um fantasma muito poderoso e luminoso que vivia no meu sobrado, o Guimarães — que, mais tarde vim a descobrir, me protegia. O interessante é que, sem saber, eu retribuía o favor: minha energia funcionava como uma espécie de pilha, de onde ele conseguia captar energia para ajudar outras pessoas com seus conselhos enviados diretamente do mundo invisível por meio de sonhos.

Pois então, a tarefa de Talina e Ademar era caçar fantasmas do bem, retirar a proteção que essas boas assombrações tinham colocado na casa e imediatamente chamar outro fantasma, dessa vez do mal, para ocupar o lugar.

Quando isso acontecia, a casa onde havia tranquilidade transformava-se completamente, até ficar impossível de ser habitada. Se você tiver conhecido mesmo a Talina e esse for o plano dela, é porque existe algo protegendo sua casa.

**Para que você possa investigar melhor a situação, vou enviar algumas instruções. Você precisa prestar muita atenção em todos os detalhes, ok?** Leia atentamente:

OITO DICAS PARA IDENTIFICAR E ENFRENTAR
UM FANTASMA PERIGOSO

1. Fantasmas do mal tentam esconder-se o tempo todo. Não são da paz. Não são brincalhões. Surgem como vultos e provocam ruídos espantosos. Quando frustrados quebram espelhos, copos e, se bobear, derrubam objetos e até pessoas.
2. Fantasmas do mal tentam se encostar na cabeça dos vivos. A pessoa perseguida sente desânimo, cansaço e sofre com pesadelos, podendo até ouvir vozes que sempre lhe dão péssimos conselhos.

3. Fantasmas perigosos costumam ter histórico. Se você descobrir por que o fantasma, em seu tempo, se deu mal na vida, poderá ajudá-lo a se resolver, ou seja, a convencê-lo de que ficar em paz eterna é muito melhor.
4. Todo fantasma do mal guarda um segredo terrível.
5. Todo fantasma do mal busca um vivo que também tenha segredos terríveis.
6. Fantasmas do mal detestam fantasmas do bem.
7. Não tenha medo de um fantasma do mal, pois seu temor irá alimentá-lo.
8. Uma forma de quebrar a influência de um fantasma do mal é rir. Simplesmente rir. Outra forma muito eficaz é cantar. Quem canta os do mal espanta.

Boa sorte! Estou aqui para ajudar!

VÍTOR A.

São Paulo, 22 de julho de 2018

Queridos amigos,

Ontem, domingo, a coisa piorou para o meu lado. Meu pai viajou para a Irlanda para resolver uns assuntos de uma casa que ele herdou de meus avós. Eu tinha decidido conversar com ele sobre a tal da Talina e a péssima influência dela sobre minha mãe, só que não deu tempo. Papai chegou em casa e já foi fazendo as malas. A viagem surgiu de repente, e, na correria, perdi a coragem de tocar num assunto tão esquisito.

Mamãe parecia bem nervosa. Corria de um lado para o outro tentando ajudá-lo a arrumar a bagagem, vendo se ele tinha esquecido algum documento, coisas assim. Pelo jeito do papai, fiquei com a impressão de que ele não estava sabendo muito bem da história da Talina. "Na volta conversamos, Julia", ele disse à minha mãe.

Mas voltando ao domingo de manhã...

Mamãe bate na porta do quarto e entra rapidamente. Desde aquele encontro com Talina na doceria ela tem andado mais agitada que o normal, e vive gritando com a Carol. Levei um susto quando vi, logo atrás dela, a cara da mulher! A maquiagem pesada, a pinta escura, uma roupa esquisita, um vestido roxo coberto por um avental preto.

— Bom dia, meninas! — Talina foi logo dizendo. — Já combinei com sua mãe, hoje faremos a limpeza do quarto de vocês!

— Que história é essa? Nosso quarto está limpo!

— Não estou falando de sujeira normal, meninas. Precisamos limpar tudo que contamine a imaginação de vocês! Todos os contos de fadas têm que ir para o lixo! Onde já se viu história com órfão, com criança abandonada, com madrasta e bruxa?

— Dona Talina — eu disse, parando na frente dela —, quem está parecendo uma bruxa é a senhora! — E depois, virando para minha mãe, falei: — Mãe! Quem é essa mulher esquisita? Que falta de respeito! Você esqueceu que o papai adora os mitos, as lendas, as histórias fantásticas?

— Seu pai... Vou ter uma conversa com ele depois — disse Talina —, mas agora quero fazer uma dedetização de imaginação. Bati o olho na estante de vocês e entendi tudo! Não é à toa que temos uma garota perturbada na família! Onde já se viu? Livros de mistério e de fantasmas por toda parte! Vou separar e jogar no lixo!

— A senhora está louca! — gritei. — Esses livros são clássicos! Histórias de muitos anos, de grandes autores! Papai sempre achou que minha irmã e eu podíamos ler textos emocionantes, instigantes, imprevisíveis! Ele nunca achou que éramos duas bobas, como a senhora parece estar achando!

— Aí está o problema! — ela disse, já abrindo um enorme saco de lixo. — Menina tem que ler coisas leves, simples, com pouca emoção, caso contrário fica com a imaginação dilatada, poluída, infectada!

Não deu outra! Arranquei o saco de lixo da mão dela. Talina puxou o saco de volta, e no cabo de guerra, ele arrebentou, lógico.

— Você é uma malcriada! Vou ter muito trabalho nessa casa!

Minha mãe, sentada na cama, começou a soluçar, sem saber o que fazer. Apontei para a porta e disse com voz firme:

— Saia daqui, sua bruxa! Detesta contos de fadas porque eles estão cheios de mulheres horríveis como a senhora!

— Está vendo? Essa atitude vem dessas leituras totalmente inadequadas! Terei mesmo uma conversa séria com seu pai, pode deixar! Veja só o que encontrei na estante da sala, disponível para quem quiser ler! Uma coleção só com histórias de fantasmas! Que absurdo é esse? Expor duas garotinhas inocentes como vocês a esse tipo de história!

— Acontece, dona Talina, que é a senhora quem tem o coração cheio de assombrações. Papai sempre diz que a beleza está no olhar de quem vê, e hoje descobri que acontece a mesma coisa com a feiura!

Puxei o livro dela, que voou para cima de mim, louca para pegá-los de volta. Nisso, ela escorregou no tapetinho e caiu, me derrubando na cama. Num minuto ela pegou mais um de nossos livros preferidos, sobre contos folclóricos, para enfiar na bolsa, já que o saco de lixo tinha rasgado.

Acontece que, no meio da confusão, eu até tinha esquecido de minha irmã, que, de repente, começou a cantar. Mas não era um canto desesperado, como aquele do primeiro encontro com Talina. A melodia era forte e linda. Ela se aproximou da mulher, a encarou e cantou do jeito mais bonito que já ouvi.

— Socorro! — Talina gritou. — Vocês são insuportáveis, essa casa é detestável! Não aguento, eu vou embora daqui!

Talina saiu do quarto, depois da casa, batendo a porta. Desatei a rir. Gargalhava tanto que caí na cama. Nisso, minha mãe abriu um pequeno sorriso, que foi aumentando e aumentando até virar também uma gargalhada. Mamãe e eu nos abraçamos. De repente, Carol se juntou ao nosso abraço.

— Que aventura, não é mesmo? — ela comentou.

Vocês não podem imaginar a alegria que senti ao ouvi-la, ao reparar que agora os olhos de minha irmã pareciam tranquilos e em sintonia com seu sorriso.

Que alívio!

Abraços carinhosos a todos,

*Catrina*

São Paulo, 1º de agosto de 2018

Querida Catrina,

Desculpe desanimá-la.

A situação que você enfrenta continua sendo perigosa. Infelizmente, preciso alertá-la...

Pelo que me lembro de minha aventura, a mulher ruiva, cujo nome eu desconhecia mas que deve ser mesmo essa falsa da Talina, não vai desistir facilmente.

De onde será que ela veio?

Nunca pude descobrir direito...

Só sabemos que ela é uma caçadora de bons fantasmas, assim como seu comparsa, o falso tio Ademar.

Vamos tentar descobrir os segredos e intenções dela juntos. Preste atenção nos detalhes! Muitas vezes as maiores verdades se ocultam nas pequenas coisas.

Força aí,

VÍTOR A.

Dublin, 10 de agosto de 2018

Olá, Catrina,

    Sou eu, James, outra vez. Agora não estou respondendo à sua carta, escrevo a pedido do Vítor. Virou costume nosso iniciar o contato com o novo participante da Sociedade relatando como ingressamos nela. Eu havia lhe prometido que faria isso e acho que chegou a hora.
    Ao contrário do Vítor, que caiu nas mãos de um charlatão sinistro, eu de fato tenho um tio divertido e amigo: ele se chama Charles, é irmão da minha mãe e fazia faculdade de história em Dublin.
    Quando eu era bem pequeno, não gostava de ter que parar de brincar nem na hora das refeições, então minha mãe tinha que me obrigar a comer. Eu detestava ficar sentado na mesa, perdendo tempo, então engolia a comida só para matar a fome e já voltava correndo para o meu quarto. Claro que meus pais repudiavam isso, mas ninguém conseguia me fazer mudar. Exceto tio Charles. Quando ele vinha almoçar ou jantar conosco, eu comia muito, porque queria continuar na mesa ouvindo todas as histórias interessantes que ele tinha para contar. Ele sabia tudo sobre os antigos castelos aqui da Irlanda. Minha mãe percebeu e começou a convidá-lo

mais vezes, até que ele passou a vir sempre. Depois de um tempo, reparei que eu tinha começado a gostar muito de comida. Principalmente acompanhada de uma boa história. E não parou por aí: tio Charles passou a me dar livros de presente e nossa amizade aumentou ainda mais.

Durante a faculdade, ele foi trabalhar de guia turístico no Drimnagh, um castelo muito, mas muito antigo mesmo aqui de Dublin. Foi construído no século XIII, só para você ter uma ideia, e tem um belo jardim e um fosso de água ao redor para impedir invasores. Como muitas pessoas já moraram lá, o castelo guarda várias histórias. A mais impressionante é a da Lady Fantasma, uma jovem nobre e muito bonita que se apaixonou por um guerreiro do reino. Acontece que, naquele tempo, os pais queriam que suas filhas casassem com alguém tão nobre quanto elas e proibiram o namoro. Desesperado, o guerreiro saiu para uma batalha, lutou muito, sem descanso, mas acabou sendo morto. A Lady, por sua vez, morreu de tristeza.

Mas voltando ao tio Charles... ele era um cara simpático e cheio de imaginação. Um dia, estava no castelo com a equipe quando foram avisados de que uma forte nevasca chegaria na região naquela noite. Como tio Charles era o mais novo da turma e não teria aula naquele dia, se ofereceu para ficar no castelo, assim, eles não precisariam interromper as visitas naquela tarde e o resto dos funcionários poderia ir embora mais cedo, em segurança.

Ele atendeu os últimos visitantes e quanto mais anoitecia mais se sentia à vontade no castelo. Acendeu uma vela e, sem saber muito bem por que, se sentou na janela de vidro do segundo andar.

Então, ouviu passos. Correu até o corrimão da escada e olhou para baixo, para o salão principal, onde antes aconteciam os bailes e banquetes. Foi quando ele viu Lady Fantasma pela primeira vez.

Ela estava dançando sozinha, no meio do salão. Tio Charles desceu correndo, desesperado para dançar com a jovem, como se algo o atraísse para ela. Lady sorriu. Era a mulher mais bonita que ele já tinha visto. Ela abriu os braços. Ele deu um passo e tentou abraçá-la. Mas quando fez isso, ela desapareceu.

Depois dessa noite, tio Charles nunca mais foi o

mesmo. Não quis mais ter uma vida normal, não ia a festas, não se interessava por nenhuma moça, e o pior: não vinha mais nos visitar. Só queria saber do castelo.

Eu, claro, sentia muita saudade, e minha mãe precisou me levar ao castelo para vê-lo.

Querendo ou não, de Howth até Dublin era uma viagem de quase duas horas. Quando entramos no castelo, já anoitecia. Meu tio parecia muito pálido, triste mesmo. Então eu tive uma ideia: conversei sobre como ele tinha me ajudado quando eu só queria brincar e não comia nada.

— Nunca esqueci das histórias malucas que você me contava no almoço! Ainda me lembro tão bem da luta do Gigante Batata contra o Rei Cenoura e a longa jornada mágica pela floresta de Brócolis!

Tio Charles riu e me disse:

— Eu sempre gostei muito de ter um sobrinho como você! Lembra quando você era pequenininho e ficava me contando suas piadas? Também nunca as esqueci!

Ficamos os três ali: meu tio, minha mãe e eu, à luz de velas, rindo e recordando os tempos da minha infância.

Quando a conversa parou, ele sorriu. Olhou ao redor e só disse assim:

— James, acho que você me libertou. Seu carinho, seu respeito por mim e seu jeito engraçado de ser me trouxeram de volta a vontade de ir para casa, de retomar minha vida. Acho também que você conseguiu espantar a bela fantasma. Pois, a essa hora, minha Lady já estaria aqui, flutuando bem perto de mim.

— Mas eu não disse nada demais, tio. Então é mesmo verdade que você estava completamente apaixonado por uma fantasma?

— Quem foi que disse isso a você?

— A mamãe.

— Quietos! — gritou mamãe. — Não chamem a fantasma de volta! Não quero que ela prenda meu irmão nem por mais um segundo neste castelo!

Assim que eu mencionei a fantasma, senti um perfume tão bom... Também acho que vi um vulto branco, uma figura encantadora, que parecia me convidar a chegar mais perto...

— Tio, acho que a Lady Fantasma ainda está aqui.

— Ande, James, vamos embora. Você ainda é muito jovem para ficar apaixonado por ela como eu...

— Mas tio, a fantasma vai ficar presa aqui para sempre?

— Eu não consegui afastá-la do castelo, mas se você quiser tentar, cresça mais alguns anos e volte.

Meu tio continuou trabalhando como guia turístico do castelo por mais dois anos, depois se formou na faculdade e se casou. Nós continuamos nos vendo e, sempre que podem, ele e a esposa vêm almoçar conosco.

Mas por que estou contando esse segredo de família?

Porque alguns meses depois, quem ficou obcecado

pela Lady Fantasma fui eu. Sonhava que me casava com ela todas as noites. Me via vestido de cavaleiro entrando no castelo enquanto ela me aguardava ao lado do padre e dos convidados.

Os sonhos eram tão vívidos e bons que fui perdendo a vontade de ter amigos da minha idade e levar uma vida normal.

Um dia, cheguei na escola e ninguém reparou em mim. Fui até o banheiro e vi meu rosto, pálido como o de um fantasma. Ou melhor, de um morto-vivo. Percebi que precisava tomar uma providência rápido, senão ia ficar totalmente hipnotizado, preferindo viver num mundo de alucinações.

Foi quando eu soube da Sociedade. De uma maneira totalmente inesperada. Abri meu caderno no meio da aula e ali estava o anúncio do jornal, cuidadosamente recortado e enfiado no meio das páginas. Quem o teria colocado ali?

Senti um arrepio de pavor.

Fechei o caderno e olhei ao meu redor.

Nesse momento, dei com uma cara sorridente.

Era a Sinéad. Ela tinha acabado de entrar para a escola. Desenhei um ponto de interrogação no papel e mostrei a ela, que fez que sim com a cabeça. Assim começou nossa amizade. Ela já era da Sociedade. Conversar com ela sobre o castelo, sobre meu tio, meus sonhos, ao mesmo tempo que eu trocava cartas com os participantes me ajudou muito. Além de ter sido muito divertido! Hoje em dia não tenho medo de ser um assombrado. Mas me identifico com quem está atormentado pelo extraordinário. Tanto que faço trabalho voluntário para a 1002 Fantasmas, assim como a Sinéad.

Catrina, para lidar bem com os perigos da vida, a gente precisa contar histórias, desenhar, criar e... cantar. A Sinéad e eu montamos uma banda e cantamos juntos hoje em dia.

Vou lhe dar uma ideia: será que a mãe de vocês não precisa escutar uma canção especial? Algo que a ajude a abrir os olhos e perceber que essa tal de Talina não é de forma alguma flor que se cheire? Digo isso porque esse tipo de pessoa sempre contra-ataca. Prepare-se para um segundo turno...

Força aí!!

*James J.*

São Paulo, 26 de agosto de 2018

Queridos Vítor e James,

Pensei muito sobre as cartas de vocês.
Acho assim: quando mamãe encena um espetáculo, é como se ela oferecesse uma coisa muito bonita para muitas pessoas... Ser artista é querer compartilhar um tempo de encantamento, eu acho.
Agora, quando a pessoa é mais para bruxa do que fada, ela tem vontade de dominar, hipnotizar, controlar os outros de algum modo. É um encantamento diferente, mal-intencionado. Quem acha que domina e se sente poderoso tem a impressão de ser superior. Talvez a Talina seja esse tipo de pessoa... Pode ser que queira dominar minha mãe e enganar a mim e minha irmã para roubar o canto mágico da Banshee que veio da Irlanda com minha família. Será que isso faz algum sentido?
Seja como for, Vítor tinha toda razão. A vitória sobre a Talina era temporária. Ela voltou a influenciar minha mãe. Parece que fez uma forte pressão, mandando mensagens, telefonando, insistindo que Carol precisava de tratamento após seus estranhos episódios de sonambulismo etc. etc.
Mamãe acabou concordando. Ela está assustada, e ainda tem que passar por isso sozinha, porque papai não pode voltar por enquanto...
Felizmente, Carol está bem. Juntas decidimos tomar

uma série de atitudes para resolver o problema dessa intrusa. E isso, Vítor, tem a ver com você.

Quem era esse tio Ademar, o falso parente que enganou seus pais? Você disse que ele queria capturar o Guimarães, o fantasma do bem. Não entendemos direito... Acha que se nos contar mais sobre essa história toda vamos entender melhor o que fazer?

Só uma coisa ajuda quem sente medo: conversar com alguém que sentiu mais medo ainda...

Um abraço para vocês,

*Catrina*

São Paulo, 1º de setembro de 2018

Querida Catrina,

Um dia você e sua irmã precisam nos visitar. A Sociedade dos 1002 Fantasmas aqui em São Paulo tem muitos afiliados. Vocês também poderiam conhecer a Bahia, sei que a Mabel adoraria mostrar Salvador a vocês. Sei que os pais dela adoram visitas!

Por falar em pais, acho que pode ser uma boa contar sobre os meus. Eles também participaram de um dos grupos que comandou a Sociedade dos 1001 Fantasmas, quando ainda tinha esse nome.

Minha mãe, que se chama Bette, vem de uma família alemã. Certo dia ela olhou no espelho e viu um rosto muito parecido com o dela, como se fosse um duplo de si mesma, um Doppelgänger. De início, achou que era sua imaginação, cansaço em excesso. Lavou o rosto, desceu até a cozinha e tomou três xícaras de café, voltou ao quarto, acendeu a luz, olhou para o espelho da penteadeira e...

Lá estava o rosto, tão parecido com o dela, mas com

maquiagem e penteado de antigamente. De tão atordoada, ela simplesmente apagou a luz e adormeceu, achando que o sono afastaria aquela maluquice. Só que, depois daquela noite, minha mãe começou a ver sua imagem duplicada em todo tipo de reflexo. Veja, um duplo é diferente de um reflexo, justamente. Minha mãe sempre teve os olhos brilhantes, as bochechas rosadas, mas no espelho ela se via com a pele pálida, os olhos molhados de lágrimas, a boca triste, os lábios contraídos. Ela tentou mostrar o duplo à minha avó, às amigas, mas ninguém conseguia enxergar nada, só o reflexo natural do rosto dela no espelho.

Apavorada e muito solitária, ela foi até o mercadinho de comida orgânica para se distrair um pouco. Era um tipo de loja que fazia muito sucesso quando ela era garota, vendendo produtos naturais, discos de vinil, revistas, roupas, livros, com espaço para música ao vivo, comida etc. Havia também um grande quadro cheio de desenhos, panfletos e cartões. Foi nesse quadro que ela viu o anúncio de nossa sociedade.

> Você acha que está pirando?
> Não sabe mais a diferença entre a fantasia e a realidade?
> Você não está conseguindo encontrar PAZ E AMOR?
> Se as fronteiras entre o familiar e o desconhecido estiverem desaparecendo para você, é hora de escrever para nós!
> Estamos aqui para ajudar!
> 1001 Fantasmas
> Rua do Sonho, 222
> Vila Madalena — São Paulo (SP)

Pois bem, Catrina, ela não tinha opção, queria muito desabafar. Além disso, minha mãe gosta de dizer que nos tempos em que era criança todo mundo adorava conversar sobre coisas extraordinárias como fantasmas, extraterrestres, dragões e fadas. Ou seja, não foi muito esquisito o fato de ela ter encontrado o anúncio, e nem ter tomado a atitude de escrever para o endereço do anúncio.

E adivinhe quem foi que respondeu a carta dela? Quem foi que lhe deu apoio e sugeriu estratégias?

Meu pai, claro. Vítor Aligueri.

Ele tinha muita experiência com fantasmas, assombrações, duplos, pois havia aprendido muito com minha bisavó Adelita, que nasceu nas montanhas de Minas Gerais.

Quando eu era criança, meu pai sempre me dava bronca se eu ficasse muito bravo e resolvesse xingar. Como quando um colega meu ganhou de mim no futebol da escola porque me empurrou na hora do gol. Fiquei com tanta raiva. Mesmo assim, meu pai pediu que eu não ficasse falando mal dele.

— Raiva é coisa passageira — ele me disse —, mas se você fica falando mal do colega o tempo todo, pode virar ódio. Sua avó me ensinou a tradição africana do *ofó*, a palavra de força. Quando a gente diz algo em voz alta, é como se o dito grudasse na nossa mente, como se forçasse um caminho até se concretizar. A gente tem que usar a força das palavras para que as coisas boas nos aconteçam. Então, por exemplo, você pode dizer que seria bom se o seu amigo nunca mais fizesse uma cretinice dessas. Que tal assim?

A palavra da bisavó Adelita tinha tanta força que as pessoas sempre a convidavam para bendizer. Ela gostava muito. Entrava nas festas de casamento, aniversário, e ficava dizendo coisas boas em voz alta. Nem sempre essas coisas se realizavam, lógico. A bisa não era personagem de filme ou de seriado com poderes extraordinários, nada disso, mas, ao menos na hora que ela bendizia, as pessoas se sentiam mais felizes.

Um dia, quando já estava bem velhinha e veio passar o fim de semana conosco, ela me disse:

— Vítor, você um dia vai viver uma aventura perigosa. Dessas que mudam a vida da gente. E vai ter que escolher seu caminho. E eu te peço para olhar o perigo como uma bem-aventurança. Algo que vai te aproximar de boas pessoas.

E ela estava totalmente certa. Pois foi na hora de maior medo que tive coragem de escrever para a Sociedade. E agora, aqui estou, encarregado de te passar boas mensagens e orientações. Bom, mas vamos lá: agora vamos chegar a um ponto comum entre nossas histórias. Como lidar com algo extraordinário?

Voltando ao problema que contava antes, do duplo da minha mãe. Meu pai foi até a casa dela e examinou o local. Perguntou nas vizinhanças quem teria morado por lá. Também pesquisou na prefeitura, nos jornais antigos e acabou descobrindo que a nossa casa na rua Caconde, em São Paulo (pois ainda moramos no mesmo lugar) foi palco de uma triste história de amor. Uma moça chamada Camélia roubou o coração de dois melhores amigos: Guimarães, um filósofo e professor, e Reinaldo Souza Cruz, colega filósofo de Guimarães, pesquisador da área.

Para impedir que os dois brigassem, agora que tinham se tornado rivais por seu amor, Camélia decidiu que jamais se casaria e passou o resto da vida isolada, sozinha naquela mesma casa. Os amigos se tornaram inimigos por isso. Os três se separaram. Guimarães se dedicou às aulas e nas horas vagas gostava de compor lindas sinfonias em homenagem a Camélia, seu amor perdido. Para sua surpresa, acabou fazendo enorme sucesso, a ponto de receber convites internacionais. Com o passar do tempo, deixou a universidade para dedicar-se apenas à vida de músico. Mas Reinaldo se dedicou a estudar as antigas artes mágicas. Sua ideia era simplesmente enfeitiçar Camélia para que ela se casasse com ele. Isso nunca aconteceu porque, segundo meu pai, o verdadeiro e grande amor supera tudo. Quando ela morreu, ainda muito jovem, por causa de uma doença rara, Guimarães ficou dias sem comer ou dormir, e só voltou a se sentir realmente melhor depois que adotou sua filha e passou a ver um novo motivo para continuar vivendo. Reinaldo passou a estudar formas de aprisionar o fantasma de Camélia. Sentia ciúmes só de pensar na possibilidade de que Guimarães poderia um dia encontrá-la no além, veja só!

Mas o que isso tem a ver com meus pais?

A cada parte da história que eles iam descobrindo, mais românticos ficavam um com o outro. Era como se fosse um amor contagiante, eu acho. Os dois foram se encantando com tudo até descobrirem que o duplo de minha mãe, na verdade, tinha o mesmo rosto de Camélia.

Foi quando minha mãe passou a ter sonhos lindos com a Camélia e meu pai, a ter pesadelos com o Reinaldo.

Uma noite, Camélia entrou no sonho da minha mãe e disse:

— Você é diferente de mim, vai ser feliz!

Minha mãe, surpresa, contou o sonho ao meu pai, que achou que era uma mensagem para que eles ficassem juntos. Foi quando, então, eles decidiram se casar. Meus pais achavam que a melhor forma de lidar com a infelicidade da moradora anterior seria viver a alegria que sentiam.

No dia do casamento, a festa foi enorme, com muitos convidados, comidas deliciosas e bebidas servidas em taças de cristal. Bem na hora do brinde, todos ouviram uma espécie de lamento agudo, triste, tão forte que as taças se quebraram nas mãos dos convidados, assim como todos os espelhos da casa. Minha mãe começou a chorar, mas minha avó a tranquilizou.

— A Camélia está feliz. Este foi seu último lamento. Agora ela deixará a casa para vocês...

Minha mãe não acreditava, mas Dona Adelita acrescentou:

— Outro dia li uma história linda, escrita por uma autora irlandesa chamada Lady Wilde. Ela dizia que as fadas protetoras costumam entoar cânticos agudos que parecem lamentos como aviso de grandes e boas mudanças. Isso quer dizer que vocês serão felizes.

Logo depois minha mãe engravidou de mim.

Mas um dia, apareceu o "tio" Ademar, conforme eu já te contei. Seu plano era banir o Guimarães da casa, pois o Reinaldo tinha certeza de que ambos, a Camélia e ele, ainda moravam aqui, como fantasmas. É fácil deduzir que o Ademar era, na verdade, um enviado do Reinaldo. O Ademar deve ter sido um aprendiz de feiticeiro, algo assim... Pelo menos é o que imagino.

Nem sei bem como explicar, o que posso dizer com certeza é que fiquei sozinho nas mãos de um charlatão. Foi também quando conheci sua comparsa, a ruiva do mal, cujo nome real só fiquei sabendo através de você...

VÍTOR A.

São Paulo, 18 de setembro de 2018

Sou eu, a Catrina, de novo...

Não consigo dormir, não consigo mais comer! Bem que eu queria ter um tio que ficasse me contando histórias na hora do almoço...
Bom, estou morta de medo!
Vejam: ontem, minha irmã e eu pedimos à mamãe que nos levasse ao ensaio. Queríamos ensaiar nossa nova peça com as fantasias do baú da Madame.
Lá estávamos nós, brincando de colombina, quando a Madame entrou. Ela é tão querida, geralmente nos abraça, as duas ao mesmo tempo, e ri. Mas, dessa vez, só parecia muito preocupada. Pediu que nos sentássemos no sofá e falou:
— Sua mãe está com problemas? Ela não consegue decorar as falas, não está conseguindo se concentrar... E *Pluft, o Fantasminha* é uma peça com tão poucas falas...
Começamos a chorar e contamos tudo sobre a Talina. Quando terminei a última frase, senti medo; não sabia se deveria ter contado a Madame uma coisa tão secreta, um problema de família...
— Ah, minhas queridas... — ela foi dizendo. — Sabem que eu tive uma vida cheia de belas realizações, mas lamento uma só coisa...
Limpei as lágrimas e fiquei olhando para Madame. Eu

não conseguia imaginar o que ela poderia lamentar. Então, ela nos contou:

— Eu realmente quis passar a vida toda sem fazer inimizades. Mas não consegui evitar. Em 1965, um tal de Ademar organizou uma manifestação horrível contra o Scaramouche. Todo final de semana, ele aparecia aqui na frente do teatro, acompanhado de uma multidão. Ficavam todos berrando contra os atores, os técnicos, nossa equipe. Eles até chegaram a bloquear a avenida e espalharam panfletos nos acusando de infectar a mente das pessoas e poluir a imaginação das crianças. Alguns até os enfrentavam e entravam no teatro à força para assistir às nossas peças, mas muita gente ia embora mesmo. No final, começamos a perder dinheiro e foi ficando difícil arcar com os salários, custos de manutenção etc.

— Madame, essa história é bem familiar. Já fomos alertadas sobre esse Ademar...

— É mesmo? Como assim? Bem, minhas queridas, meu finado marido e meus atores não sabiam como lidar com essa confusão toda. Nunca entendemos direito de onde tinha surgido esse tal de Ademar. Então achamos melhor ter paciência e esperar que ele fosse embora. Não funcionou. O Ademar e sua turma não desistiram e continuaram nos atacando. Então Roberto, meu amado marido, perdeu a paciência. Um sábado à tarde, ele declarou: "O show tem que continuar". Lembro que ele sorriu, veio até esse mesmo baú e tirou daqui de dentro a fantasia do Brighella, o espadachim invencível, que ele trouxe da Itália.

Vesti a fantasia de colombina, e o Patrício, a estrela de nossa companhia, se vestiu de Zanni, o embusteiro. Chamamos vários amigos músicos para fazer o acompanhamento. Depois, nós três ligamos para os jornais, para as emissoras de TV, chamamos fotógrafos conhecidos, todos os nossos amigos. Quando o Ademar e sua turma do berro chegaram na frente do teatro, rimos, dançamos, fizemos um belo espetáculo imitando aqueles reclamões. As notícias logo se espalharam. As pessoas amaram nosso espetáculo improvisado. Na semana seguinte, as filas na frente da bilheteria eram imensas. Todos queriam comprar ingressos para ver a peça do trio comediante. Celebramos nossa vitória, rimos muito, fizemos tanta piada com o Ademar. O que não podíamos imaginar é que aquele não era apenas um sujeito de mentalidade tacanha tentando impor suas opiniões cretinas. Na verdade, ele era um feiticeiro muito poderoso. Seu plano original era nos obrigar a vender-lhe o teatro. Aqui, dentro de nosso adorado teatro Scaramouche, havia algo que ele realmente queria capturar...

— Aposto que era um fantasma! — Carolina gritou.

Madame sorriu e disse:

— Sim, como você é esperta! Mas não se tratava de um só fantasma...

De repente, no meio da conversa, ouvimos batidas fortes na porta.

— Abram essa porta! Eu sei que vocês estão aí dentro!

Imediatamente reconheci a voz da Talina. Tremi de medo. Madame levantou-se da cadeira e abriu a porta. Sorriu.

Pensei que ela fosse só mandar a Talina embora e fim de jogo. Mas não. Em vez disso, Madame disse:

— Talina? Outra vez? Você não desiste nunca?

Eu não conseguia acreditar que elas se conheciam! Mil pensamentos passaram pela minha cabeça. Será que a Talina era mesmo discípula do Ademar?

Quando ela entrou no camarim, outra surpresa ainda:

— Talina, sinto muito. Mas, às vezes, na vida da gente, certos desejos não podem ser realizados... — a Madame disse. — Você nunca será atriz. Deveria ter desenvolvido a imaginação e capacidade de observação, precisaria ser mais humilde, sensível...

— Ah, Madame, desculpe interromper agora... Não estou aqui para fazer um teste, não — disse Talina com seu sorriso falso e astucioso. — Vim aqui pegar essas meninas. Estou trabalhando com elas. Ambas têm questões a serem resolvidas, a senhora bem sabe. E venho com o consentimento da mãe delas...

Foi quando vimos a mamãe. Atrás de Talina. Pálida, olhos arregalados, vazios.

— Meninas — ela nos disse —, está na hora de ir para casa. Talina virá conosco. Teremos uma sessão com ela hoje...

— Nunca! — gritei e saí correndo do camarim.

— Nem pensar! — Carol berrou e veio até mim.

Fugimos de Talina pelo corredor longo e escuro. Ela ficou parada na porta do camarim, gritando:

— Voltem aqui, vocês duas! Eu é que estou no comando agora! Vocês não podem fazer mais nada!

Saímos do teatro e corremos até o estacionamento. Mamãe veio atrás de nós. Tentamos abraçá-la, mas ela não permitiu. Parou do lado do carro e gritou:

— Entrem no carro já! Vocês duas!

Enquanto voltávamos para casa, chovia, o trânsito estava pesado, e meu coração doía. Carolina e eu demos as mãos uma à outra; não conseguimos reconhecer nossa própria mãe. Ela não era mais a mesma. Nada pode ser mais assustador do que ver alguém que você ama, em quem você confia, comportando-se como se tivesse sofrido lavagem cerebral, como alguém que se esqueceu de si mesma...

Por favor, ajudem-nos!

*Catrina*

São Paulo, 30 de setembro de 2018

Oi, Catrina, oi, Carolina,

    Aqui é o Toshiro, membro da Sociedade dos 1002 Fantasmas. Moro no bairro da Liberdade, em São Paulo. Eu adoro teatro, mas não tenho nenhuma experiência como ator. Sou campeão de artes marciais. Se vocês inventarem um personagem que luta muito bem, posso participar de sua próxima peça!
    Também escrevo para dizer que vocês podem contar comigo, para o que der e vier!
    Não reparem se eu escrevo de um jeito supercalmo num momento em que vocês devem estar muito assustadas. Mas os grandes lutadores são assim: concentração e calma na hora do perigo. Sejam guerreiras! Esvaziem os pensamentos. Assim as melhores ideias — que, na real, já estão dentro de vocês — poderão vir à tona!

                                  Toshiro

São Paulo, 3 de outubro de 2018

Oi, Toshiro,

Sim, claro!
Será muito legal ter um samurai na nossa nova peça!
Adorei seu conselho de esvaziar a mente! Vou tentar, pode deixar!
Mas antes preciso te contar que aconteceu mais uma coisa estranha por aqui. Carolina e eu estávamos escrevendo o roteiro da nossa peça e mamãe tinha saído para ensaiar. De repente, a campainha tocou. Achamos bem estranho, porque o porteiro sempre nos avisa da chegada das visitas pelo interfone.
Quem seria?
Fomos até a porta e vimos a Talina pelo olho mágico. Como ela conseguiu convencer o porteiro a deixá-la entrar? Bem, na verdade, na hora nem fiquei pensando muito nisso. Ela chorava muito, eu não fazia ideia por quê. A maquiagem estava toda borrada e ela até soluçava. Acabei ficando com pena e abri um pouco a porta. Quando percebi o que tinha feito, era tarde demais.
Ela entrou na sala pisando duro. Olhou para minha irmã e para mim, gritando:
— Sentem no sofá, vocês duas!
— Você não estava chorando? — perguntei.
— Não. Eu estava atuando.

— O que você quer? Minha mãe não está em casa! — disse a Carolina enquanto eu tremia de medo daquela mulher esquisita.

— Eu sei. É por isso mesmo que estou aqui. Quero falar com vocês duas, sozinhas. Vim nessa hora de propósito.

— Mas se a mamãe souber disso... — eu disse e corri para pegar o celular.

— Se você telefonar para sua mãe, nunca vai saber por que eu vim aqui, não é mesmo?

Pronto. Fomos fisgadas. A curiosidade mata. Lá ficamos as duas, sentadas no sofá, quietinhas, esperando que ela dissesse por que tinha vindo.

— Vocês acham que só a sua família tem talento? Digo isso porque eu fui uma das mais talentosas atrizes de todos os tempos!

— Mas nós nunca ouvimos falar de você! Além disso, ouvimos a sua conversa com a Madame. Ela disse que você não tem jeito para a coisa! — disse Catrina.

— É que eu nunca tive tempo de fazer meu nome! Cantei, atuei, escrevi, compus canções. Eu era linda, tão linda! Fui a mais poderosa de todas as artistas...

— Então, o que aconteceu? — perguntei, desconfiada.

— Fiz um pacto. Ou melhor, fiz uma promessa para um sujeito chamado Ademar.

— Ah, não! De novo esse cara! Nós já sabemos quem ele é...

— Então vocês sabem que vendi a alma para um louco. Ele tinha como missão separar dois fantasmas apaixonados que viviam felizes no além.

— Que coisa mais doida! — exclamei.

— E o que isso tem a ver conosco? Quer dizer, por que você veio aqui, na nossa casa? — minha irmã perguntou.

— Eu quero essa fantasma que protege sua família. Essa mulher tão poderosa que conseguiu singrar os mares e chegar até aqui...

— Não dá para dar fantasma de presente, não dá para fazer transferência de assombração. E não estamos gostando nada dessa conversa, Talina. Melhor você ir embora...

— Se eu cumprir minha promessa, terei meu talento de volta. O Ademar capturou minha imaginação. Mesmo agora, que já passei da idade, talvez eu consiga escrever uma canção...

Minha irmã e eu ficamos nos entreolhando. Gêmeas às vezes conseguem adivinhar o pensamento uma da outra. E, naquele momento, nós duas sentimos pena dela.

— E se nós ajudarmos você?

— Ah, mas como vocês duas são arrogantes! Acham que nasceram de uma mãe talentosa e herdaram dela a criatividade, certo? Mas nada disso pertence a vocês. O talento vem todo da fantasma que conversa com vocês diariamente. Andem! Chamem a fantasma! Senão...

— Senão o quê? — perguntamos juntas.

— Senão vou dizer para a mãe de vocês que precisam de isolamento social, procedimentos radicais e levarei as duas para minha casa!

— De jeito nenhum! Nem pensar! — gritamos.

Nisso, a janela do banheiro começou a bater.

— É ela! A fantasma! — berrou a Talina, que correu em direção ao barulho.

Ouvimos algo como o pio de uma coruja, e dessa vez nem bonito nem melodioso. Talina voltou a berrar. Quando entramos no banheiro, tudo voava pelos ares, creme dental, escova de cabelo, peruca, batom. Talina tentou tapar os ouvidos e ficou berrando sem parar. O espelho da pia quebrou de novo. As luzes piscaram, a porta abriu e mamãe entrou:

— Talina, meninas, o que está acontecendo?

Corremos para abraçar mamãe, mas antes que começássemos a falar, Talina chorou muito, veio até nós e nos abraçou com força.

— Julia, que filhas maravilhosas você tem! Pode perguntar ao porteiro, ele vai te dizer como eu estava triste quando cheguei. Entrei nesta casa chorando tanto, porque meu cachorrinho morreu e estou morta de saudades! Mas suas filhas foram incríveis e me consolaram!

— Ah, mas que boa notícia! — disse mamãe. — Quer dizer, que triste você ter perdido seu cãozinho, mas que bom que minhas filhas te acolheram tão bem.

Não sabíamos o que dizer. Talina era mesmo uma atriz nata. Ela improvisou o choro para enganar a mamãe e, antes de sair, ainda a abraçou forte, dizendo para nós:

— Meninas, obrigada por tudo! Me aguardem! Logo estarei de volta!

Ou seja: ela é diabólica. Por favor, nos ajudem! Estamos desesperadas!

*Carolina*

São Paulo, 5 de outubro de 2018

Olá, Catrina, olá, Carolina!

    Vocês podem contar comigo!
    Meninas, vocês estão correndo perigo mesmo!
    Só uma coisa: vocês já leram a peça *Hamlet*, de William Shakespeare? Na história, o teatro surge como o melhor lugar para revelar um grande segredo. Vocês já pensaram nessa possibilidade? Montar uma peça com o enredo daquilo que estão vivendo? O único problema é que *Hamlet* é uma tragédia daquelas. Tomem cuidado!
    Não deixem de dar notícias!

VÍTOR A.

Salvador, 10 de outubro de 2018

Querida Catrina,

"A vida imita a arte."
Você já pensou nessa frase?
Acho ótima a ideia do Vítor, de que vocês podem fazer o enredo da peça igual ao que estão vivendo nesse momento. Assim passam uma mensagem para sua mãe...
Talvez na linguagem do teatro ela entenda...
Às vezes, artistas conseguem perceber melhor a realidade através de uma dupla realidade, porque toda forma de arte é como um espelho mágico e revelador.
Ele também disse que podem contar com o total apoio da Sociedade dos 1002 Fantasmas. No entanto, peço desculpas. Infelizmente, eu não vou conseguir participar da peça, porque moro em Salvador, mas ficarei na maior torcida para que tudo dê certo!
Confesso que estou um pouco preocupada com esse plano de vocês. Meus sentimentos estão meio misturados. Tenho esperança e medo ao mesmo tempo. Dá para entender?
A ideia é montar uma peça que contenha um sinal de alerta contra a Talina, certo? Mas e se a Talina for assistir à peça com sua mãe ou aparecer antes do final revelador,

impedindo que sua mãe capte a mensagem que vocês estão tentando passar? Vocês já pensaram nessa possibilidade? Estão assumindo um grande risco!

Cuidado! Mas força também!

*Mabel*

Dublin, 20 de outubro de 2018

Queridas Catrina e Carolina,

Segue um conselho: escrevam o roteiro da peça à mão. Não tem que ser o texto definitivo, claro, porque vocês devem improvisar bastante na hora.

Usem lápis preto e escrevam em uma folha sem pautas, branca. Primeiro uma de vocês escreve, depois a outra passa a limpo. Quando fizerem isso, se sentirem vontade de mudar algumas cenas, não hesitem.

Enquanto estiverem escrevendo, deem asas à imaginação. Não tenham medo.

Será que vocês ainda não entenderam o drama da Talina? Ela quer roubar o talento de vocês! Não só a fantasma! Mas talento não se rouba. Talento é algo que se descobre e se cultiva dentro de si.

Pensem nisso ao escreverem a peça...

Boa sorte,

*James J.*

São Paulo, 24 de outubro de 2018

Meus queridos amigos,

Chegou o dia. Mal dava para comer, respirar, o tempo não passava. Dissemos à mamãe que precisávamos experimentar as fantasias para nossa nova peça no YouTube, então iríamos de ônibus, mais cedo do que ela. Mamãe ficou de nos encontrar uma hora antes de seu ensaio. Ela não tinha a menor ideia sobre nosso plano de chamar sua atenção com uma peça.

Então, lá estávamos nós, no camarim, começando a passar a maquiagem, quando a Madame abriu a porta e sorriu.

— Tenho tanto orgulho de vocês duas, minhas queridinhas! Eu sei muito bem o que estão tentando fazer.

Fiquei sem saber o que dizer. Como será que a Madame tinha adivinhado nossas intenções?

Ela andou pelo camarim, enquanto observava o próprio reflexo no espelho, como sempre faz. Ficou quieta por um segundo, como se estivesse no palco, tentando hipnotizar a plateia. Depois nos perguntou:

— Lembram quando eu contei a vocês duas do sucesso enorme de nossa apresentação de rua? Meu amado Roberto e eu usando as fantasias da antiga *commedia dell'arte*? Eu era uma adorável colombina!

— Como iríamos esquecer, Madame? — perguntou Carolina.

— Claro que nos lembramos! — acrescentei.

— Bem, eu ainda não contei a vocês a melhor parte da história...

Sim, a curiosidade mata, ou melhor, salva. Lá estávamos nós, sentadas em volta da Madame, esquecidas da tensão, do medo do palco, da obsessão da Talina, da doideira dos últimos meses.

— Conte pra gente, Madame...

— Farei melhor que isso! Venham! Quero que vocês as cumprimentem, minhas queridas amigas! As Marionetes Fantasmas!

Se eu senti medo?

Nadinha. Nem um pouco.

Quando as três marionetes translúcidas e voadoras entraram no camarim, uma sensação forte de pura felicidade se espalhou dentro de mim e só consegui dar risada. Olhei para minha irmã e ela também estava gargalhando. Um pouco depois, lá estávamos nós, no palco. A sensação de sermos poderosas era tão grande. Cercadas desses fantasmas tão bonitinhos, tão alegres!

Como alguém pode ter medo de fantasma?

— Sucesso, meninas!

As cortinas se ergueram e vimos a mamãe na primeira fileira, a Talina ao seu lado. Na fileira de trás estavam alguns convidados da Madame, além de alguns alunos da escola de artes cênicas que fica na rua da frente.

Amigos, vou ter que parar agora, nesta cena de tanto suspense. Já está bem tarde, preciso dormir um pouco...

Só vou contar uma coisa: quero fazer trabalho voluntário para a Sociedade dos 1002 Fantasmas! Sinto uma gratidão profunda!

    Tudo de bom,

*Catrina*

São Paulo, 27 de outubro de 2018

Liam, meu amor,

 Quando você receber esta carta, mesmo antes de abri-la, perceberá que andei muito nervosa e por isso preferi escrever à mão. Você lembra quando me aconselhou a escrever à mão para conseguir me acalmar antes do espetáculo e memorizar melhor as falas de minhas peças? Estou tão espantada. Assustada. Tentando compreender melhor as coisas.
 Hoje as meninas me pediram para ir ao teatro mais cedo, antes de mim. Madame vive mimando as duas, como sempre, e parece que elas queriam experimentar umas fantasias que ganharam de presente. Então almocei e fui de carro logo em seguida. Eu queria assistir ao ensaio das duas para a próxima peça que vão publicar no YouTube. Madame tinha lhes dado permissão para ensaiar no palco de verdade, pela primeira vez. Eu estava muitíssimo animada com tudo isso. As coisas estavam voltando ao "normal". Pela primeira vez, a caminho do teatro, comecei a ter dúvidas quanto aos conselhos e opiniões da Talina. Como se pode querer apagar a imaginação de alguém? Por que, para ela, minhas filhas tinham que ser dóceis, quietas, previsíveis?
 De qualquer modo, estacionei o carro e logo ouvi o som de uma flauta tocando uma linda melodia medieval.

Percebi que o som vinha dos camarins e meu coração disparou. Eu sabia que uma coisa muito bonita estava para acontecer. Entrei no teatro já emocionada.

Nisso, um jovem chamado Vítor, trajando uma capa medieval, veio até mim, apresentou-se e me entregou um *libreto*, pedindo que eu me sentasse na primeira fileira. Outro jovem, vestido de samurai, disse que se chamava Toshiro e que faria parte da peça.

As luzes se apagaram e, em seguida, uma bela e jovem mulher, que deslizava depressa de um lado para o outro quase à altura do teto, entoava uma canção tão linda que parecia até sobrenatural. O corpo dela brilhava, toda a atmosfera se impregnava de encanto. Era totalmente fascinante. Eu nunca tinha visto essa jovem antes; na verdade, eu mal conseguia ver os traços de seu rosto, porque os cabelos dela eram muito longos e ela não parava, de modo que eles lhe cobriam a face. As cortinas ainda cobriam o palco, mas a peça já tinha começado.

Levei as mãos ao rosto. O que seria aquilo? Onde estavam Carol e Catrina?

Olhei para o lado e vi Talina. Ela não estava mais com a expressão sorridente, acolhedora de sempre. Os olhos dela, as mãos, a postura, tudo parecia demonstrar raiva profunda. Senti um arrepio na espinha e quando estava prestes a levantar do meu assento e subir ao palco, Madame chegou, me abraçou e sussurrou no meu ouvido: "Fique só olhando!".

Nisso, nossa querida Catrina entrou em cena. Ela usava

minha peruca de cabelos longos e brancos, uma saia comprida, também branca, a mesma que usei quando interpretei Ofélia, em *Hamlet*.

Emocionada, sem saber direito o que fazer, bati os olhos no *libreto* e dei com a famosa frase da peça de Shakespeare: "Há mais coisas entre o céu e a terra, Horácio, do que sonha nossa vã filosofia".

Com o coração disparado diante de uma situação tão inusitada, lembrei de outra frase da mesma peça: "A peça é a coisa por meio da qual chamarei a consciência do rei". O que queriam nossas filhas?

O que eu precisava enxergar?

Inúmeros pensamentos cruzavam minha mente atordoada.

Foi quando entrou em cena nossa Carolina. Ela estava caracterizada exatamente como Talina, aquela senhora ruiva que eu tinha contratado para cuidar de nossa filha, lembra? Carol parecia incorporar o personagem à perfeição!

De repente, aquela mesma senhora que parecia agora uma vilã atacou o pequeno samurai, gritando frases que, infelizmente, eu já tinha ouvido: "Vou eliminar a imaginação de vocês! Vou rasgar todos esses seus livros de fantasmas!". Mas o samurai era muito habilidoso e saltava por sobre a vilã, lutando contra ela e afastando-a dos livros que tanto queria destruir.

Ao perceber a mímica dos gestos de Talina, ao observar essa espécie de duplo em cena, entendi tudo num minuto:

estive cega, fui teimosa e obtusa ao permitir que essa senhora tão dissimulada tivesse total acesso à nossa casa. A Talina criada por Carol era uma espécie de bruxa, com poderes extraordinários, capaz de lutar contra um jovem e ágil samurai. Seu principal objetivo? Raptar a fantasma voadora cujos poderes mágicos ela queria para si. A fantasma era uma criatura benéfica, uma espécie de guardiã familiar, ao passo que a vilã era a raptora. Havia uma inversão narrativa que me pareceu interessante: a vilã era a humana, não a fantasma. Por sinal, uma frase simplesmente ficou gravada na minha memória: "Os bons fantasmas são poderosos, porém, os maus fantasmas contam com a ajuda dos maus vivos".

Nessa hora, Talina soltou uma espécie de uivo, bem do meu lado, na plateia. Saltou sobre o palco e correu na direção da Carolina, rosnando como se fosse um bicho ferido. Fiquei tão assustada vendo a mulher partir para cima de nossa filha que congelei de medo, não tive reação.

Então eu vi: As Marionetes Fantasmas.

Durante toda a minha infância, ouvi falar delas. Sonhei com elas. E agora, lá estavam os fantoches, dançando no palco, cercando nossas filhas. Quando a Talina correu em direção à Carolina, com a mão esticada como se quisesse arrancar a peruca ruiva que ela usava, Brighella flutuou na altura da cintura dela e a cutucou de leve com sua pequena espada de madeira. Madame caiu na gargalhada quando a Talina se assustou e saiu correndo sem dizer mais nada.

Fiquei feliz, confusa, tonta. Será que estava delirando? Quando voltei a olhar para o palco, as Marionetes Fantasmas já tinham desaparecido. Só vi nossas meninas lindas e seus amigos de carne e osso, bem como as outras pessoas da plateia.

Aplaudi as meninas em cena, minha emoção foi crescendo, orgulho pelo talento de nossas filhas somando-se à admiração por aquele espetáculo esplendoroso, além do carinho ao perceber todo o trabalho que tiveram apenas para me alertar contra alguém em que eu havia confiado plenamente. Todo mundo pensa que é fácil enganar um jovem, no entanto, eu, adulta, é que tinha sido ludibriada!

Quando as luzes se acenderam, lágrimas nos olhos, eu só queria abraçá-las e beijá-las. Você precisava ter assistido! A peça foi tão rápida e tão surpreendente que nem passou pela minha cabeça filmá-la com o celular.

Perguntei às meninas qual efeito especial teria sido usado para criar a ilusão da jovem voadora e d'As Marionetes Fantasmas. Elas riram muito e disseram que tinha sido ideia do jovem chamado Vítor, esse novo amigo, e, naturalmente, de Madame. Fui então perguntar a esse jovem tão simpático sobre a encenação maravilhosa. A atriz dentro de mim já pensava em montar o espetáculo no teatro. Ele sorriu e despediu-se sem me dar maiores explicações.

Só então fui olhar atentamente o *libreto*. Veja só o que li:

---

**O RAPTO DA BANSHEE**
TEXTO: Carolina e Catrina Sampaio O'Neill, Vítor Aligueri, Toshiro Harada
ATORES:
Bruxa Talina — Carolina Sampaio O'Neill
Jovem leitora — Catrina Sampaio O'Neill
Guardião da imaginação — Vítor Aligueri
Samurai imortal — Toshiro Harada
Colombina, Brighella e Zanni — Manipulados por Madame Cardinale
EFEITOS ESPECIAIS: equipe 1002 Fantasmas

---

Meu amor, entenda por que não consegui ligar e contar tudo por celular, muito menos ainda por videoconferência, essas coisas. Por isso escrevo agora, pois sei que será a melhor forma de comunicação entre nós. Esta carta seguirá em correio prioritário, quando você estiver de volta a Dublin, depois de sua viagem até o interior da Irlanda para visitar a casa de sua falecida tia-avó, você poderá ler estas palavras. Na volta, faremos uma reunião em família, para sentarmos todos juntos e as meninas responderem a todas as perguntas que têm evitado.

E quanto à Talina? Imagino que você esteja se perguntando o que fiz em relação a ela.

A resposta é simples: nada. Ela simplesmente sumiu, bloqueou meu número no celular e não houve como encontrá-la, já que ela não usava redes sociais ou outras formas de contato.

Não consigo parar de me recriminar. Fico pensando tanto nas razões para eu ter acreditado nessa mulher. Fiz uma profunda autocrítica. Como pude desconsiderar a opinião de nossas filhas? Quanto mais eu penso a respeito, mais percebo que preciso urgentemente aceitar que elas cresceram, que já conseguem enxergar muitas coisas da vida e que chegou a hora de ouvi-las com mais atenção. É tão difícil para uma mãe tão superprotetora quanto eu encarar o fato de que, com o tempo, elas não precisarão mais tanto de mim. Veja, eu as tratei como se fossem ainda duas menininhas indefesas, no entanto, quem errou ao se deixar iludir por uma pessoa tão dissimulada quanto a Talina fui eu.

Mas é lógico que elas ainda conservam a imaginação infantil viva. Outro dia, as duas se cansaram de me ouvir pedindo desculpas e disseram assim: "Mamãe, você precisa aceitar que foi enfeitiçada por uma poderosa bruxa". Rimos muito juntas, nós três.

Agora sinto alívio, alegria, mas também certa insegurança. Depois que a gente vacila tanto quanto eu vacilei, passa a prestar mais atenção, a ouvir melhor os filhos, não é mesmo?

Percebo também que as meninas parecem ter seus próprios segredos. Ninguém está me explicando direito essa história de 1002 Fantasmas. Será uma companhia de teatro? Um grupo de pesquisadores? Cheguei a pensar que se tratasse até de uma espécie de sociedade secreta. Pesquisei na internet e descobri algumas informações. Parece que diversos artistas em séculos passados se diziam membros da 1001 Fantasmas. O famoso autor francês Alexandre Dumas escreveu uma obra com esse título, mas, antes mesmo disso, há diversas menções sobre a tradição dos protetores de fantasmas. Pelo que entendi, trata-se de uma sociedade baseada na troca de cartas, da maneira mais tradicional do mundo, pelo correio mesmo.

Você já ouviu falar?

Beijos,

*Julia*

Dublin, 7 de novembro de 2018

Querida Julia,

Espero que tudo esteja muito tranquilo agora. Respondo à sua carta com outra. Você a receberá antes mesmo que eu esteja de volta, e, sim, você está certa, melhor nos comunicarmos por meio de cartas. Até porque este é um procedimento padrão para a ordem dos 1002 Fantasmas.

Sim, eu conheço a Sociedade. Eu sei muito bem quem é o Vítor, assim como imagino que o Toshiro seja filho de minha grande amiga Naomi. Fui muito próximo aos pais de ambos durante a juventude. Estou muitíssimo feliz com as novidades: o talento de nossas filhas, a delicadeza com a qual te revelaram a perigosa e real natureza dessa tal Talina, que não faço a menor questão de conhecer, afinal.

Quanto aos efeitos especiais...

Sim, eu sei como é quando uma Banshee voa pelos ares e nunca esqueci a beleza de seu canto. Eu a ouço desde bem pequeno, nos idos tempos de minha infância na Irlanda.

Quanto às Marionetes Fantasmas, como você, sempre ouvi falar delas. Afinal são personagens da mais famosa lenda urbana do Bixiga. Sempre quis vê-las, mas tenho a impressão de que você deveria perguntar à Madame sobre

toda essa história fantasmagórica da tradição italiana da *commedia dell'arte*. Pode ser que ela fale a respeito, mas não insista muito. Todos gostam de guardar seus segredos. Veja bem, foi Madame quem venceu a batalha contra os manifestantes retrógrados da década de 1970, os inimigos das artes, ao encantar a todos com sua performance de colombina paulistana.

De qualquer modo, fique tranquila.

1002 Fantasmas é uma associação muito antiga, da qual minha família faz parte há séculos...

Na verdade, um dos atuais representantes da associação na Irlanda se chama Charles Barnwells. Eu o conheci quando era muito jovem e trabalhava como guia turístico no castelo de Drimnagh.

Enfim, tudo isso que aconteceu aí em casa, os amigos inesperados que surgiram e essa mulher horrível, de algum modo, me parecem estar ligados à Sociedade. Coisas mágicas e misteriosas acontecem de tempos em tempos aos seus membros. Mas, desde que nos conhecemos, não tive contato com eventos extraordinários. Ao menos, há tempos eu não recebia uma solicitação dos membros da Sociedade, por isso acabei nunca te contando sobre isso. Para mim, fazer parte da Sociedade era algo que pertencia mais aos meus anos de adolescente. Naquele tempo, vivi muitas aventuras realmente inacreditáveis.

De qualquer modo, estarei em casa depois de amanhã. Você poderá me perguntar tudo o que quiser a respeito desse lado de minha vida.

Sim, vamos celebrar nosso reencontro num grande almoço de família! Que tal irmos até uma cantina do Bixiga para comer uma boa massa italiana? Estou com muitas saudades de você, não vejo a hora de estarmos juntos com as meninas e percebo que você parece atordoada, invadida por muitos sentimentos contraditórios. Mas, querida, fique bem, pois assim que eu chegar teremos então uma longa conversa.

Tenho certeza de que, a essa altura, nossas filhas já

sabem bem mais coisas que você. Elas também terão muito o que nos contar.

    Beijos para você e para as meninas,

*Liam*

ESTA OBRA FOI COMPOSTA POR ACOMTE EM DANTE E IMPRESSA
PELA GRÁFICA BARTIRA SOBRE PAPEL PÓLEN BOLD DA SUZANO S.A.
PARA A EDITORA SCHWARCZ EM FEVEREIRO DE 2022

A marca FSC® é a garantia de que a madeira utilizada na fabricação do papel deste livro provém de florestas que foram gerenciadas de maneira ambientalmente correta, socialmente justa e economicamente viável, além de outras fontes de origem controlada.